ハヤカワ文庫JA
〈JA1381〉

機忍兵零牙
〔新装版〕

月村了衛

早川書房
8363

目次

機忍兵零牙

〔新装版〕

凡《およ》そこの世に非《あら》ず、次元の彼方、別の世界より来たる者を忍びと云う。
光牙《こうが》とは光の牙、絶望に抗う伝説の忍び。
人は知らぬ、
何処《いずこ》より彼等は来たるのか。
人は問わぬ、
何故《なにゆえ》に彼等は戦うのか。
訳は要らぬ、
夜の淵より出《い》で、光の牙にて闇を裂く——
それが、光牙のさだめなれば。

光の牙

一

壮麗な尖塔の連なる城塞都市が、赫々《かっかく》また灼熱の劫火に包まれている。漆黒で塗り込められた夜の中、天をも摩する楼閣を、巨大な影が無造作に蹂躙《じゅうりん》する。逃げ惑う人々の頭上に瓦礫《がれき》の雨を降らせ、容赦なく踏み潰す。直立した鰐にも似たそれは、無論自然の生物であるはずもない。全身を覆う皮膚は青銅の鎧。首の周囲に蠢《うごめ》く無数の触手は赤銅の鞭。後頭部の角は黄金《こがね》の冠。両手の爪は鋼鉄の鉤《かぎ》。そして獰悪《どうあく》とも虚無とも見える金剛石の両眼に、電子の光が時折覗く。

魔物か機械か、或いはその融合体《キマイラ》か。巨大な異形は、猛り狂ったように石造りの尖塔を破壊する。壁面に配された聖人達の彫刻が、無為にも巨獣の一撃で、微塵となって砕け散る。最期の瞬間に奇跡をもたらすこともなく粉砕された聖人像は、神の不在を証して余りあるか。獰猛な尾の一振りで楼閣は薙《な》ぎ払われ、赤銅の触手は自在に伸びて周囲の尖塔に絡み付き、これを焼き切る。

視野に捉えた生命体を悉《ことごと》く殲滅すべく脳が設定されているのか、怪物は人々の動きを即座に電算処理して追撃をやめぬ。高熱の触手が縦横に街路を舐め、老いたる賢者を、頑是なき嬰児を、すべて等しく効率的に滅し去る。それは地獄の顕現であった。

果てさえ分からぬ闇に燃え広がる炎。精緻を極めた建築の細部が猛火に照り映え、深い陰翳を伴って浮かび上がる。複雑かつ幾何学的に配列された飛梁《とびはり》。鐘楼。切妻屋根。破風《はふ》。アーチ。大窓のステンドグラス。それらの全面を覆う意匠と紋様。都市文明の栄華を記すそのすべてが、虚しく猛火に没してゆく。

どこまでも燃え広がる炎を衝いて、城下を疾駆する一群の影があった。全員が灰褐色の忍び装束に蒼白き死神の仮面を被っている。目指すはおそらく、市街中央に聳《そび》える領主の城。

市中の至る所から忽然と現われた忍びの群れは、路地や表通りの辻ごとに合流し、やがて怒濤となって城門へと押し寄せた。

爆破された城門から内部に雪崩れ込んだ仮面の戦闘部隊が、黒い奔流となって宙を舞い、応戦する城兵達を無言の内に虐殺していく。圧倒的に、そして一方的に。超鋼鎖。熱雷分銅。電磁手裏剣。波に非ず、寄せても返さぬ忍びの異様な武器に、城兵は為《な》す術《すべ》もなく次々と絶命する。

吹き荒《すさ》ぶ殺戮の風に、劫火の中、巨大な異形が一際狂おしい咆哮を上げた。

——今また一つの国が滅ぼされようとしている。

人々が営々として築き上げてきた夢も歴史も、支配者の論理の前には意味を持たない。

そう、数多《あまた》の次元世界を制する支配者集団『無限王朝』に、一切の慈悲はない。

荒涼たる丘陵を、甲冑に身を固めた二十余名の兵士達が息急き切って登っていく。中に足弱が二人。一見して高貴の人と分かる少年と夜目にもたおやかな美姫である。少年は早蕨《さわらび》の袴に同じく早蕨の直衣《のうし》。姫は綾織《あやおり》の裾を刺繍で縁取った浅葱《あさぎ》のローブに香の被衣《かつぎ》姿。奢侈《しゃし》と感じさせぬ行き届いた装いが、この場はかえって痛々しい。

僅かな手勢に護られて、落ち延びんとする若君鷹千代《たかちよ》とその姉真名《まな》の一行であった。

真っ暗な夜道を行く鷹千代の足はそれと分かるほどに震えている。是非もなし、鷹千代は未だ八つに届かぬ年齢なのだ。

「鷹千代、足許に気をつけて、さあ」

その手を取って励ます真名姫とて、気丈を装いつつも齢《よわい》十六の心細さを隠し切れずにいる。

一行は皆歯を食いしばり、無念、無情の思いも露わに、岩だらけの険しい小径を急ぐ。

その後方、地平線上の空が真っ赤に染まっている。

鷹千代は足を止めて背後を振り返った。

炎上する城が遥かに遠望される。堪らず声を上げた。

「父上っ」

真名姫が悲痛の思いで鷹千代を叱咤する。

「止まっては駄目よ、鷹千代」

「でも父上は――」

家臣の戎左《じゅうざ》が後ろから二人を厳しく促す。

「お急ぎを」

「嫌じゃ、鷹千代も父上と一緒に戦う」

姉の手を振りほどいて叫んでいた。

「鷹千代は城を捨てて逃げ出す卑怯者ではないぞ」

戎左は険しい顔で一喝する。

「今の貴方様に何が出来ましょうぞ」

唇を嚙み、幼君は武骨の家来を無言で見つめる。

「断腸の思いは我等とて同じ。なれど今は生き延びることこそ肝要にございます。生きてあれば、いつの日か、必ず」

忠臣の両眼に浮かぶは真実の覚悟に他ならぬ。

鷹千代は頷くよりなかった。


城内に渦巻く炎は、列柱の一本一本を舐め尽くし、見上げるような高さの天井にまで達していた。轟音を上げ、片端から崩れゆく。堅牢を以て知られた城の大アーチが、今はそのまま炎の伽藍を成している。目も開けられぬ、呼吸《いき》すらならぬ無間八熱の地獄の様よ。煉獄も斯《か》くや、炎の合間に転がる無残な死体が随所に見えた。鎖鎧に身を固めた兵のみならず、従者の女子供に至るまで、四肢を刎《は》ねられ、全身を切り裂かれた凄惨な屍を晒している。吐き尽くされた血で隈なく濡れた床の朱さと、猛火に炙《あぶ》られる壁の朱さと、いずれの朱も理不尽なる審判が人に見せ得る狂気の色よ。

城内に満ちていた怒号と叫喚、苦悶の呻きと断末魔の喘ぎ、それも今は猛火と崩壊に呑み込まれ、既に音を失っている。

最上階、城主の間。すべてが正帝大理石で誂《あつら》えられた造作はあくまで荘重にして、四方を遮る壁は無きに等しい吹き抜けの大広間となっている。城塞の内は言うに及ばず、領地の遥か先までを一望のものとする。今この広間から見渡せるのは、炎上する都市、滅びゆく国の地獄絵図のみ。

他に何物もない大理石の床の中央に、領地を見晴らす玉座が据えられていた。

独り瞑目して座すは、城主の浦路《うらじ》公である。

火の手は既に天守にも及んでいる。崩れつつある城の頂きで、己が国の滅亡を目の当たりにし、城主は何を思うのか。

或いは、既に絶命しているか。両眼を閉じたまま、玉座に深く沈んで身動き一つしない。兵の先頭に立って応戦し、敵十人は斬り伏せたが、自らもまた深傷《ふかで》を負った。滴り落ちた血で、玉座の下には大きな血溜まりが出来ている。

不意に、声がした。

「御召しにより、零牙《レイガ》参上」

城主がゆっくりと目を開ける。

炎の向こうに、何者かの影が見えた。

「……光牙《こうが》者か」

「如何《いか》にも」

天守に燃え広がる炎の中で、影がゆらめく。

いつの間に、どうやって――それは悠然と佇む一人の男であった。

「おお……」

城主は僅かに身を乗り出した。

「光牙とはやはり実在であったか」

「望みを言え。そのために我等を呼んだのだろう」

「そなたらは次元の闇を掻い潜って、無限王朝と戦い続けていると聞く。それはまことか」

影の男は、静かな笑みを浮かべる。辺りを包む炎に動じる素振りさえ見せず。

まだ若い。黒のボディスーツ、足には同じく黒のロングブーツ。両の手に鈍い光を放つ白銀の手甲《てっこう》。喉元に亜麻色の忍風布《にんぷうふ》。背には破幻角形鍔《はげんかくがたつば》の太刀。

そこへこの世ならぬ咆哮が轟いた。市街を破壊し尽くした怪物は、城へと向かって進んでくる。迫り来る異形の巨体の全貌が、今や大広間からもはっきりと見えた。

城主は、眼前に迫る異生物を憤怒の目で見つめ、

「無限王朝配下の骸魔《がいま》衆……権力の走狗となって非道を為す、悪鬼の如き忍び共よ」

街路の厚い石畳を踏み割りながら接近した巨獣は、燃え盛る城に今にも手を掛けようとしている。

苦しげな息を漏らしつつ、城主は切れ切れに言葉を続ける。

「我が命は間もなく尽きる……案ぜらるるは我が子真名と鷹千代の身。北の山岳部族の元へと逃がしたが、骸魔の追手よりは到底逃れられまい……光牙の者よ、どうか二人を無事に落ち延びさせてくれ……」

怪物の爪が、遂に天守の一隅を引き裂いた。耳をつんざく轟音と共に城が抉《えぐ》られ、全体が激しく揺れる。屋根の崩落が始まり、城主と影の男の頭上に炎と瓦礫が降り注ぐ。

死相を浮かべた城主が振り絞るような声で懇願する。

「頼む……」

大きく削られた破断面から、咆哮する巨獣がその鼻面を覗かせた。金剛石の両眼の奥で電子の光が怪しく光り、広間の内部を一瞬で走査する。

怯《ひる》むどころか、大儀そうに顔をしかめて怪物の方に向き直った男は、背にした太刀を無言で引き抜き、頭上にかざした。

すると——

天空に閃いた稲妻が、屋根を突き破って男の手にした太刀に落雷した。強烈な閃光が一瞬、広間を白昼の如くに隈なく照らす。帯電し、眩《まばゆ》く発光する刀身。男は無造作にその切っ先を怪物に向け突き出した。迸《ほとばし》った雷撃が怪物の顔面を打つ。

絶叫を上げて怪物が城から離れた。

刀を納め、男は城主を振り返る。

城主は既に事切れていた。

亡骸《なきがら》に向かって男は呟く、

「その役目、確かに引き受けた」

炎と共に崩れ落ちた屋根が城主の玉座を押し潰し、大理石の床が陥没する。

崩壊の中、男の姿は渦巻く炎に溶け込むように消えた。


崩れかけた太古の石柱が無数に林立する夜の草原。

月光の下を、鷹千代主従は黙々と歩む。

先頭を行くは近衛連隊の若獅子と謳われた塊人《かいと》。しんがりを務めるは重臣にして剣名の誉《ほま》れも高き武人の戎左。

両者共に鉄《くろがね》の戦着姿《いくさぎ》。武骨の気風も相通ずるが、大兵にして重厚、蓄えた口髭もまた荘重の風格を漂わせる戎左に対し、塊人は俊敏そうな細身の体軀に勇猛の気を漲《みなぎ》らせたまさに若獅子。過去の戦に於いては敵陣の奥深くにまで食い入って、見事敵大隊長の首級を挙げた。その功を示す騎士天階章は、今も誇らしげに戦着の胸にある。

戎左、塊人、いずれも護衛として望み得る最上の人選であった。

草に埋もれた遺跡の名残は、滅び去った栄華の歴史を否応もなく想起させる。滅亡の反復が歴史の定義か。一行は敢えて目を背け、ひたすらに先を急ぐ。

鷹千代も姉の手を握り締め、懸命に歩いている。唇を噛み締め、懸命に。

突如——

塊人の左右を歩いていた家臣が二人、鮮血を噴いてのけ反った。

塊人は咄嗟に腰の剣を抜き、闇の彼方を透かし見る。

叢《くさむら》の奥で無数の黒い影が跳梁していた。

「骸魔か！」

塊人の声に応じて戎左が命じる。

「追手じゃっ。姫と若君をお護りせよっ」

家臣達は一斉に剣を抜き払い、真名と鷹千代を囲んで円陣を組む。

不自然に、不規則に、叢があちこちで揺れている。獣が走り抜けるような音がする。接近する気配は次第にその数を増していく。

一行は固唾を飲んで身構える。

真名は弟を引き寄せ抱き締めた。幼い震えがはっきりと感じられる。

四方から、八方から、気配は急速に接近し、やがて。

幾つもの黒い影が叢から一斉に宙へと躍り上がる。

月光に煌《きらめ》く無数の光芒。飛来する手裏剣に、家臣達が次々と倒れる。

掃射の如き手裏剣の波を掻い潜った塊人が、敵下忍を一刀の元に両断する。

「下賤の忍びが」

次いで横薙ぎに二人の追手を斬る。

「落人《おちうど》の剣とて、早々に錆びはせぬぞっ」

獅子の気迫を示す塊人の剣に、骸魔下忍の陣は乱れた。

「待て、塊人」

戎左が叫ぶ。敵は陣形を乱したのではない。変えたのだ。地に潜り、空に消え、千変万化の網目の如く、獲物を四方から捉えてこれを逃さぬ。それが忍びの陣である。猛る虎も、この網に絡《から》め取られては単なる標的の張り子でしかない。

全方位から忍びの凶器が飛来する。

「なんのっ」

塊人は渾身の太刀捌きでこれを弾いた。

一体何人の敵が今この場に、この叢に潜んでいるのか。忍びはその総数さえ容易には摑ませぬ。歴戦の猛者《もさ》である塊人でさえも、募る焦りを隠し切れずにいる。

「小賢《こざか》しや、何人いようと同じことよ」

獅子の剛剣がまた一人の下忍を叩き斬った。が、如何な若獅子と雖《いえど》も忍びとの戦いを知らず。僅かの焦りが容易に命取りとなる。相手に焦りを生ぜしめて太刀先を鈍らせる、それこそが忍びの戦法なのだ。

「情を知らぬ忍び如きが！　人の血の熱さと貴さを思い知れ！」

突出した塊人に忍びの凶器が集中する。

蛮勇を誇る獅子ほど容易く罠に落ちる道理。すべての攻撃を躱《かわ》し切れず、若獅子は背に手裏剣を食らって前のめりに草に倒れた。

「塊人っ」

戎左が肉厚の太刀で手裏剣を弾き、眼前に飛び込んできた敵を斬り伏せる。

他の家臣も必死に応戦しているが、防御の円陣は脆くも崩れた。

骸魔の下忍と斬り結びながら、戎左が背後にかばった二人に叫ぶ、

「姫っ、若を連れて早うお逃げ下されっ」

「はいっ」

乱刃を避け、真名は弟の手を取って走り出した。

「鷹千代、こっちへ」

起伏のある草原を真名は走る。

鷹千代も涙を滲ませ必死に駆ける。姉の手を離すまいと握り締めて。

はびこる草の根に、或いは草に埋もれて横たわる石器に、何度も足を取られながら二人は懸命に走り続けた。

その前方に追手の下忍が立ち塞がる。

「ああっ」

立ち止まって背後を振り返る。そこにも退路を断つ影が。

行き場を失い、姉弟は抱《いだ》き合って立ちすくむ。

天から地から、湧き立つように現われる忍びの群れ。完全に包囲されていた。

下忍達の物言わぬ死神の仮面が、妖しい底光りを放って二人を射すくめる。

「姉上っ」

鷹千代が真名にしがみつく。

下忍の凶刃が、二人に及ばんとしたまさにそのとき。

一閃、虚空に閃いた白銀の光線が下忍を撃つ。四人が声もなく倒れた。

骸魔忍群が足を止めて頭上を振り仰ぐ。

蒼白い月を背に、佇立《ちょりつ》する石柱の上に立つ黒い影。不敵の笑みを浮かべ、骸魔の衆を見下ろし呟いた。

「零牙参上」

石柱上の影に向かって下忍達が一斉に跳躍する。

同時に四方より飛来した手裏剣が零牙を襲う。

だがその姿は朧《おぼろ》の如く闇に消え――

次の瞬間、下忍の一人を空中で一刀の元に両断する。

別の柱の上に降り立った零牙めがけ、下忍達は掌《てのひら》から次々と白熱の光線を放つ。零牙は鮮やかに身を躱し、柱から柱へと飛び移る。彼の軌跡を追って迸る白熱光は、虚しく空を裂いて、遺跡や大地に鋭い熱痕を次々に穿《うが》つ。

林立する石柱群の周辺で、白熱光が乱舞する。

垂直に立つ柱を駆け上る零牙。対して駆け下りる下忍。擦れ違いざまに刃が交差し、下忍は脇腹を斬られて落下する。

一人、また一人。太刀で、手裏剣で、光線で、零牙は圧倒的な余裕の内に敵を仕留めていく。

この世のものとも思えぬ忍び同士の戦いに、真名と鷹千代は目を見張るばかり。

零牙が空中で身を捻《ひね》って掌より光線を発し、二人の下忍を重ねて撃ち抜く。着地した零牙に体勢を整える暇も与えず、残る骸魔衆が頭上より一斉に躍りかかる。

交錯する無数の剣光に、真名と鷹千代が息を呑む。

一瞬の静寂あって――端から倒れる骸魔衆。

その中心に一人悠然と立ち、零牙は声もない姉弟に向かって微笑みかける。

その笑顔の思いもかけぬ温かさに、鷹千代も思わず微笑みを返す。

「姫！　若君！」

野太い声と共に、戎左と生き残りの家臣三名が駆けつけてきた。

「おお、御無事でございましたか」

戎左はその場の様子を一目で見て取って、二人の前に佇む男に問うた。

「御手前は、忍びか」

男は頷いて、

真名がはっとしたように呟く、

「光牙の忍び、零牙」

「光牙……」

生き残りの家臣団もまじまじと男を見つめる。

光牙。

話に聞いたことはある。その疾《はや》きは光の如く、その鋭きは牙の如く、森羅万象を操る無敵の術を身に付けて、何人《なにびと》も覗き得ぬ次元の深淵に潜む忍びの一派。そして絶対の支配者たる無限王朝に抗《あらが》い続ける永遠の反逆者。その実在さえも疑わしい、伝説であるとも、また幻想であるとも云う。

果たして光牙は実在であった。その一人が今、泰然と目の前に立っている。

零牙は改めて主従に向き直り、

「浦路公より、鷹千代君と真名姫の護衛を依頼された」

それを聞いて鷹千代が身を乗り出す。

「父上は、父上はどうなされた」

「浦路公は城と運命を共にした」

「ああっ」

真名が両手で顔を覆う。

「嘘じゃ、嘘じゃ」

鷹千代は泣きじゃくりながら繰り返した。

「それは嘘じゃ、父上は、きっと、きっと」

戎左は零牙に向かい、

「危うい処をお救い下されたことには礼を申す。しかし御二方は我等がお護りするによって、この先の御助勢は無用」

鷹千代は驚いて、

「何故じゃ戎左」

「伝説の光牙と雖も所詮は忍び。我等にとっては、骸魔も光牙も同じ異邦人」

零牙は他人事のように苦笑する。

「違いない」

「でも、零牙は父上の……」

「忍びの言葉が、どうして信ぜられましょうや。我等は忍びの策に嵌《は》まって国を失ったばかり」

まさにその通りであった。真名姫が不服そうな弟を制するように背後からその肩を抱き寄せる。

「御免」

零牙に一礼して、戎左が踵を返す。残る家臣も、姫と若君を連れて彼に倣《なら》う。

躊躇《ためら》いつつも歩き出した鷹千代は、そっと後ろを振り返った。

そこにはもう零牙の姿はない。ただ風が蕭々《しょうしょう》と吹き過ぐるばかりであった。

主従はもと来た径を辿って、最初に襲撃を受けた地点まで引き返した。

あちこちに家臣の死体が転がっている。悲痛の想いに耐えながら、一人一人の生死を確かめて回る。だが息のある者はいなかった。

風も絶え、草の葉さえ静まり返ってそよとも動かぬ。

「生き残ったはやはり我等だけか」

戎左が肩を落として呟いたとき。

「……う、ううむ」

誰かが息を吹き返したのか、前方の茂みの中で微かな呻き声がした。

一同は驚いて声の方に目を向けた。戎左が駆け寄って声の主を抱き起こす。塊人であった。

背に突き立っていた手裏剣をぐいと引き抜き、血止めの布を押し当てながら、

「塊人、しっかりせいっ」

薄目を開けた塊人が、

「戎左か……姫と若君は……」

「御無事じゃ。御二方ともそこにおられる」

「そうか……」

ほっとしたような息を吐いて、

「面目ない、不覚を取った」

「傷は浅い。歩けるか」

「うむ、なんとかな」

戎左に縋《すが》ってよろよろと立ち上がる。

姫と若君を守る家臣はこれで総勢五人となった。城を抜け出た際の人数でも心許なかったのに、早《はや》ここまで減ろうとは。

それでも先へと進まねばならぬ。目指すは山岳部族が勢力を張る北の山脈。


何処《いずこ》とも知れぬ暗黒の大聖堂。

天井はどれだけの高さがあるのか、はるか上部は闇に包まれ窺いようもない。高窓に連なるステンドグラスは、聖なる逸話を示す絵物語であるはずが、一見して禍々《まがまが》しき印象しかもたらさぬ。それもそのはず、絢爛たる色硝子の破片が千と万と組み合わさって紡《つむ》ぎ出すは、悪の優位を示す忌まわしき説法。

燭台を手に、一つの影が闇の身廊をしめやかに歩んでいく。紫の法衣に身を包んだ敬虔な形《なり》の少年である。歳は二十歳《はたち》を超えてはいまい。蠟燭の揺らめく灯に浮かぶその顔は、余りに美しく整って、到底人とは思われぬ。蠟細工の人形か、或いは天使の夢想の顕現か。だがよくよく見れば、面《おもて》の美に潜む邪《じゃ》に気付く者も居《お》るやも知れぬ。

外陣から内陣へと真っ直ぐに身廊を進んだ少年は、やがて深奥部の祭壇の前で立ち止まった。

中央の台座の上に、異様な形をしたランプが六つ。

いずれも太古の土器の如く、素朴にして歪《いびつ》な表面に、原初の邪悪を感じさせる呪術的な紋様が描かれている。

少年が見つめる前で、ポッ、ポッと、ひとりでに――ランプに次々と灯が点っていく。

そして、それぞれのランプから声が。

（燦然寺《さんぜんじ》鏡弥《きょうや》）

（黒薙《くろなぎ》怜門《れいもん》）

（十六夜《いざよい》毬緒《まりお》）

（濡髪《ぬれがみ》絵蓮《えれん》）

（帷虹之介《とばりにじのすけ》）

（魔妖女《まようじょ》）

声の質は様々だが、いずれも冥府の底から発せられたかのような禍々しい響きを伴っている。十六夜毬緒、濡髪絵蓮と名乗った声は、確かに若い女のものであった。魔妖女と名乗った声に至っては、明らかに幼き女童《めのわらわ》。

少年は六つの灯火に向かい、

「骸魔六機忍、揃うたか」

（我等が頭領、死皇丸《しおうまる》殿……六機忍、御前《おんまえ》に）

そう答えたのは、魔妖女と名乗った童女の声である。声は少年を頭領と呼んだ。

骸魔衆頭領、骸魔死皇丸。この美少年が、残虐無比の殺戮集団を束ねる頭領とは。

死皇丸は六つの灯火に向かい、

「浦路公の嫡男鷹千代とその姉真名が逃亡した。無限王朝の至上命令は城主一族の完全なる抹殺」

（これは頭領とも思えぬ。その程度の御用で我等を御召しになったのではありますまいな）

右端のランプから驕慢そうな声がした。燦然寺鏡弥と名乗った声である。この声もまた若い。

死皇丸は唇の端を歪めて笑い、

「二人を護るは、光牙の忍びよ」

おお、とどよめく六つの灯火。

（光牙だと）

（あの伝説の）

死皇丸は冷徹な威厳で以て姿なき六つの声に命じる、

「骸魔機忍法の極意を会得したうぬらであれば、やわか光牙に引けを取るまい。光牙忍者を討ち果たし、浦路公の二人の遺児を亡き者にせよ」

（面白い）

(その御役目、ぜひ私に)

(私の可愛い機忍獣が手傷を負わされた……光牙は私がやる)

最後の声の主は十六夜毬緒。城下を蹂躙した怪物は彼女が操っていたらしい。

(頭領、是非私に御下命を。芭檀《バダン》の仇を討たせて下され)

芭檀とは毬緒操る機忍獣の名前であろう。

(いや、まずは拙者が参りましょうぞ)

ランプの一つから、重く冷たい低音の声が。

死皇丸は左から二番目のランプに目をやって、

「虹之介か」

(はっ)

声の主は、帷虹之介。

「うぬに任せよう。六機忍の面目、見せてみい」

(光牙如き、我が機忍法の敵ではございませぬ)

そして祭壇に満ちる不気味な含み笑い。

遥か頭上で、荘厳な鐘の音が響き渡る。

六つのランプを前に、死皇丸は一人歓喜の様で天上の交響楽に耳を澄ますのであった。

遺跡の草原を抜けてから、どれほど歩いたろうか。鷹千代主従の一行は静謐の湖畔を仮の寝床と定めた。

悪夢の夜は漸《ようや》く明け初め、周囲には湖面から漂ってきた朝の靄が棚引いている。

水辺の茂みに隠れて、真名と鷹千代が一つ毛布にくるまっていた。その周辺で、三人の家臣が泥のように眠り込んでいる。

少し離れた岩陰では、戎左と塊人がそれぞれ手頃な岩に腰を下ろし、焚き火を囲んで寝ずの見張りに就いていた。

「うっ……」

顔をしかめて肩の包帯に手を遣《そ》る塊人を、戎左が労《いたわ》る。

「痛むか」

「いや、大事ない」

「ここはわしに任せて貴公も休め」

「どうせ眠れぬ。構うてくれるな」

塊人は誇り高き武人である。肝心の際にまるで役に立たなかったという忸怩《じくじ》たる思いが彼を苛立たせているのか。戎左はそうと察してそれ以上は言わなかった。代わりに気付の酒瓶を差し出す。

黙って受け取った塊人が、一口呷《あお》って口を拭う。

「有り難い、楽になった」

肩の力の抜けた笑顔を見せて瓶を返す。戎左は自らも一口含んで蓋を閉める。

そして二人は暫《しば》し黙り込んだ。戎左はやがて思い切ったように口を開いた。

「今更言うても詮ないことじゃが、妙だとは思わぬか」

「何がだ」

「本隊が偽の合図に誘い出され、全滅したは敵の策にして我等の不覚。しかし、敵の隊が城塞内の各拠点に忽然と出現したのはどうにも合点が行かぬ。まるで抜け道のすべてを予《あらかじ》め知り尽くしておったかのような」

「まさか……」

塊人が愕然と顔を上げる。

戎左は暗い面持ちで頷いた。

「そうじゃ、城内に手引きをした者が居るとしか思えぬ」

「ううむ、だとすると、一体誰が」

「分からぬ。抜け道の配置を知る者の数は限られておったはず。だが相手は忍びじゃ。どんな手を使うたとしてもおかしくはない」

二人は再び黙り込む。

別の世界から来た怪《あや》しの眷属《けんぞく》。それが忍びであると誰もが識《し》る。忍びの身上などいずれ卑怯、卑劣が相場。人間の尊厳など持ち合わせても居るまい。

「……ええい」

苛立ちの余り、塊人が薪《たきぎ》に集めた枯枝をへし折る。

「言うたであろう、今更考えても詮なきこと」

「しかし」

荒ぶる塊人を宥《なだ》めるように、

「先は長い、真の苦難はこれからよ」

塊人もさすがに落ち着きを取り戻し、

「その通りじゃ。これよりは我等の命に替えても御二方を無事にお連れせねば」

強く頷き合う二人であった。

あらゆる次元世界の覇者たる『無限王朝』。神か悪魔か、生物か非生物か。その実体を知る者は誰もいない。にも拘わらず全次元の人は絶対の支配者としてこれを畏怖し、その抑圧の下に生きている。

それでも無辺にして無窮の次元世界には、まだ彼等の支配に抵抗する勢力がある。北の山岳地帯に根を張る部族連合がその一つで、険阻《けんそ》な地の利を生かした上に団結が強く、敵の侵入を未だ許していない。亡き浦路公とは親交もあり、鷹千代と真名姫の身を託すにこれ以上の先はなかった。

だが彼《か》の地は余りに遠く、行き着くまでには幾多の山河を越えねばならない。何十日、場合によっては何百日。想像を超える苦難の旅路が待っている。

重鎮戎左と若獅子塊人。二人は先々の辛苦を思い、重い覚悟で焚き火を見つめる。

「冷えてきたな」

戎左に促され、塊人は無言で手にした枯枝を焚き火にくべた。

明けの光が次第に満ちて、夜の名残の靄を払う。

眠っていたはずの真名姫が、小さく優しく呟いた。

「眠れないの？」

隣で横になっていた弟がこくりと頷き、

「零牙は……鷹千代を助けてくれたのに……」

その幼い問いかけに、姉は静かに諭すのだった。

「忍びはね、私達とは違うの」

「どうして」

「それがこの世界……いえ、どの世界に行っても忍びは忍び」

真名は鷹千代を搔き抱き《いだ》、悲しげに呟いた。

「貴方はこれから、いろんなことを知らなければならない……たとえどんなに醜く、おぞましいことであっても、それが真実である限り、貴方は知らなければならないの……」

その呟きの意味など分からぬまま、鷹千代は温かい姉の抱擁に身を委ねていた。

二

荒涼たる大地が地平線の彼方まで続いている。

灰色の地、灰色の空。地平線とは言い条、何処がその極めの線なのか、灰と灰とが溶け合って、天と地の境界は確《しか》とは分からぬ。見渡す限りに生命の痕跡はない。ただ一本の雑草さえも。

黄昏にも似た薄明の中、鷹千代主従は黙々と歩く。

水と食料は充分に用意してある。必要なのは、ただ忍耐。この単調な大平原を渡り切る精神力。女子供には酷な道程だが、落城の悪夢を思えば耐えられよう。

あの悪夢の夜より、既に五日が過ぎていた。

「むっ？」

先導を務めていた家臣が、不意に足を止め、前方の空を指差した。

「あれは？」

主従は一斉に空を見上げる。

遥か上空、暗鬱の空に七色の光が湧き起こっている。

その光は、煌くオーロラとなって見る見る内に空全体に広がっていった。

「綺麗……」

真名姫が思わず呟いた。

他の者も全員立ち止まり、天空の光に見入っている。

オーロラは緞帳のように広がって、地上へと急速に降下してくる。心なしか、こちらに向かって接近しているようにも見えた。

「いかん」

はっとしたように叫んだ塊人が、一同を急き立てる。

「急げ、急ぐんだ。さあ、早く」

「どうしたと言うのじゃ、塊人」

不審そうに振り返る戎左に、

「いいから急げっ。早くっ」

一行は急かされるまま、訳も分からず歩き出した。

塊人は焦燥の目で空を睨んでいる。

オーロラの降下はまるでとどまる気配を見せず、どんどん地上へと接近している。

「不味《まず》いぞ……」

家臣達も皆さすがに異変を感じ、足を早めた。

オーロラは巨大な裾を広げるが如く、横にも大きく展開しながら降りてくる。一行はすぐに小走りになり、次いで全力で駆け出した。

やがて完全に降り切ったオーロラは、光の壁の如く立ちはだかって一行の行手を塞ぐ。

「これは奇怪な」

戎左も驚愕の声を発する。

眼前に立ち現われた天よりの壁を見つめる家臣団。その一人が、呆然と漏らした。

「なんだ、これは……」

美麗とも荘厳とも見える七色の光の壁は、ゆったりと色を変えつつ発光し、依然として消える気配も見せない。

「ええい、こんなもの」

「あっ、待て」

塊人が制止する間もなく、苛立った家臣がオーロラに突っ込んだ。

その途端、オーロラに触れた彼の右腕、右胸が、蒸発するように消滅した。

ひとたまりもなく落命する。その凄惨な死に様に、真名姫が悲鳴を上げた。

「見ろっ」

残る家臣が地面を指差す。

オーロラの手前にあった大きな岩が徐々に呑み込まれている。否、オーロラの方が岩の上を移動しているのだ。岩はやがてオーロラの後ろに消えた。

最早《もはや》疑いの余地はない。オーロラは一同に向かって迫りつつある。

「戻れっ」

塊人が叫ぶより早く、一同はもと来た方へと走り出していた。

だが退路を断つかのように、そこにも既に光の壁が。

「こっちだっ」

慌てて別方向へと向かう。

しかし、そこにも――

幾重にも張り巡らされたオーロラの壁。灰の荒野はいつの間にか光の迷宮と化していた。

しかも、オーロラは次第にその幅を狭めて確実に一同を追い詰めている。

右へ、いや左へと逃げ惑う主従。

迫り来る光に呑み込まれ、更にもう一人の家臣が消滅した。

鷹千代も真名姫も必死で走る。恐怖に泣くことさえ忘れ果てて。

今や左右の光の壁は、のしかからんばかりの間近に迫っている。恐るべき光の袋小路。両側を死に挟まれた小径は、次第次第と細くなり、また一人、絶叫を残して家臣が光の壁に消えた。

残る護衛は戎左と塊人のみ。

何処よりか、そこへ哄笑が響き渡る。

戎左が立ち止まって身構えた。

前方の光の壁の向こうに、何者かの姿が透けて見える。

「機忍法『死の帷《とばり》』……天空に広がる死のオーロラが、あらゆる物を焼き尽くす」

光の中から沁み出るように、総髪の男が姿を現わした。

長い髪、病的なまでに蒼白い顔。痩身に砂漠迷彩の忍び装束、胸と肩には細密な紋様の刻まれた装甲具。頭上のオーロラの華麗さとは反対に、陰鬱な気配を漂わせる男であった。薄い眉は酷薄な性を窺わせ、肉を削ぎ落としたかの如くにこけた頬は冷徹を超える無情を感じさせる。

「何奴っ」

戎左の誰何《すいか》に、男が冷気を帯びた低音で答える。

「骸魔六機忍が一忍、帷虹之介」

「骸魔……六機忍じゃと」

帷虹之介と名乗った怪忍者は、陶酔の目で頭上を見上げ、

「どうだ、美しかろう……天にたゆたう七色の光が、うぬら、この世の見納めよ」

光がさらに輝きを増し、一行を押し包むように降下してくる。

それは確かに美しかった。天上の美であった。但しその美に包まれるは天上の至福に非ず、虹之介の言った通りにすべての者は息果てて、次に見るのは彼岸の暗黒に相違ない。

戎左も、抱き合う姫と鷹千代も、為す術もなく立ち尽くすのみ。

七色の光が一行の頭上に逃れようのない死を投げかけんとしたその刹那。

突如上空に雷光が走り、閃く稲妻が四人の頭上に迫っていた光を打ち払った。

驚いて頭上を仰いだ虹之介に、塊人が不敵に笑いかける。

「やっと実体を見せたな」

虹之介も同じく笑みを見せ、

「なるほど、うぬが」

「そうだ、貴様等に殺された男の姿を借りていたのだ」

閃く稲妻──天よりの落雷が塊人を打つ。

炎上する塊人の体。その炎は瞬時にして塊人の衣服と表皮を燃やし尽くす。

そこに立っていたのは──

「零牙参上」

悠然と名乗る零牙に、鷹千代が思わず声を上げる。

「零牙!」

黒衣の忍びは少年に微笑みを向け、

「引き受けた仕事は必ずやり遂げる。それが光牙の掟よ」

そして敢然と虹之介に向かい、

「虹之介と言ったな。聞いた通りだ、浦路公の遺児はこの俺が守り抜く」

「出来るか、うぬに」

虹之介が右手を突き出す。その掌から縦横に迸る幾本もの虹。

零牙は飛びすさってそれを躱す。だが虹は、のたうつ蛇のように屈曲して零牙の軌跡を追ってどこまでも伸びる。前後から左右から、同時に襲い来る虹を、零牙は精妙の見切りで躲していく。

「ほう」

入神の域とも言える零牙の体術に、虹之介も感嘆の声を漏らす。

「だが、どこまで逃げられるか」

虹の動きが速度を増す。凄まじい勢いで迸った虹が遂に零牙を捕らえたかに見えた瞬間、彼の姿は朧に消えた。

「残像か……ならば、この手はどうだ」

虹之介は右手に次いで左手を突き出す——鷹千代に向けて。

「卑怯な」

零牙は反転して鷹千代の元へ向かおうとするが、右手の虹がその行手を阻む。

虹之介の左の掌から伸びた虹が、立ちすくむ鷹千代を襲う。

「危ないっ」

咄嗟に鷹千代をかばった戎左の背を、灼熱の虹が焼いていく。

激痛に戎左が呻く。それでも彼は己の体で必死に鷹千代を護る。

「その虹の熱量はオーロラの六十分の一……じわじわと焼かれていく気分は格別だろう」

虹之介が楽しげにうそぶいた。

豪傑の戦着が溶け落ち、肉が焦げる。

彼の胸の下で鷹千代は叫んだ。

「戎左！　退《の》け、早う退くのじゃ！」

苦悶に身を捩《よじ》りつつ、歯を食いしばって堪《こら》える戎左。全身を焼かれながらなお、身を挺して幼君を虹の光から護っている。

「退け、退けと言うに！　聞こえぬか戎左！」

「退きませぬ、戎左は退きませぬぞっ」

凄まじいまでの気迫を見せて戎左は堪《こら》え続ける。

「貴様っ」

虹の波状攻撃に晒されながら、零牙は虹之介に手裏剣を放つ。

「左様なものが役に立つか」

両手を前に突き出し、シールドのようにオーロラの壁を張る虹之介。その壁が手裏剣を悉《ことごと》く蒸発させる。

虹の攻撃が止み、戎左が膝を突いて崩れ落ちた。

「いいだろう……光牙の忍びよ、まずはうぬから始末してくれる」

虹之介が両手を天へと差し伸べる。

「見るがいい、機忍法『死の帷』、その真の恐ろしさを」

零牙の前後にオーロラの壁が出現する。そして左右、いや上下にも。

躱す間もなく、零牙は光の檻に閉じ込められた。

「破《は》！」

壁に向けて掌より光線を放射する零牙。だが乱反射に拡散し、光線は威力を失う。

「無駄だ。たとえ粒子のひとかけらであろうとも『死の帷』は通しはせぬ」

零牙を押し包んだまま、次第に小さくなっていく光の立方体。

「これはっ」

「今うぬが居るは、触れるものを悉く滅する極熱光の檻よ」

内部の異常な高温に、零牙が苦悶の喘ぎを漏らす。

光の立方体はどんどん収縮の速度を早めている。

「あらゆるものの生に幕を下ろす『死の帷』。極美、極熱の天幕に包まれてあの世に逝け」

哄笑する虹之介。

絶望の眼で縮みゆく光の檻を見つめる真名姫と鷹千代。

光の檻は際限なく小さくなり――

やがて完全に消滅した。

虹之介は傲然と呟く、

「たわいもない、光牙の忍びとはこの程度か」

不意に、何処からともなく零牙の声が。

(随分と気が早いな、虹之介)

「――なに」

風が虹之介の耳許に運んできたかのような声であった。

周囲を見回すが、零牙の姿は何処にもない。

「馬鹿な、『死の帷』からは何者も逃れられぬはず」

(そうかな、俺はこうしてここに居るぞ。それとも俺が居るのは、貴様の言ったあの世とやらかな)

「どこだ、出てこい」

(機忍法『亜空陣』……俺はあの空間に在りながら、同時にあそこにはいなかった)

虹之介は漸く悟ったように、

「まさか、うぬは……亜空間を使う忍びか」

目の前の空間が揺らぎ、零牙が影のように淡い姿を現わした。

「俺の名はこの力に由来する。次元の狭間、ゼロの座標に立つ男――それがこの零牙よ」

「ならばうぬが亜空間に逃げ込む前に斃《たお》すまで」

虹之介が再び両手を天へと突き上げた。

無数の虹が上空より驟雨《しゅうう》の如く降り来たって零牙を襲う。

跳躍してその第一撃を躱した零牙が、背中の太刀を抜き払い、頭上へと振りかざす。

すると――

上空を覆う雲に凄まじい稲妻が轟き渡った。

天を走るプラズマが、上空に澱《よど》んでいた光の渦を忽《たちま》ちにして拡散させる。

狼狽する虹之介に、零牙が悠然と告げた。

「オーロラとは上空の荷電粒子。俺の呼んだ稲妻が、荷電粒子の流れを攪乱したのだ」

「うぬ……」

元より蒼白い虹之介の顔色が更に色を失う。

「受けるがいい、俺の怒りの牙を」

天より迸った稲妻が、零牙の太刀『陽炎《かげろう》』目掛けて落ちた。

「おおっ」

虹之介が瞠目する。

帯電、白熱する零牙の剣。裂帛《れっぱく》の気合と共に零牙はそれを虹之介に向けて放出した。

「機忍法『雷神剣』!」

虹之介は咄嗟にオーロラのシールドを張るが、迸った電撃は、光の粒子と衝突してエネルギーの大半を失いながらなお虹之介を撃った。

絶叫を上げ、虹之介は全身を硬直させて倒れる。

とどめを刺さんと零牙が虹之介に走り寄る。その足許で突如爆発が起こった。連鎖する爆発は周囲に次々と発生してやまず、零牙と虹之介の間を立ち上る業火で遮った。

「――新手か」

爆炎の中、零牙が愛刀陽炎を手に身構える。

光の壁に取って代わった炎の壁。その向こうに、何かがいる。

仮面であった。

錆色のケープを全身に纏った仮面の男が、炎の中に佇《たたず》んでいる。

「この場はそこまでにして貰おうか」

顔を覆う銀の面。細長く湾曲した線で描かれているのは眼であろうか。それが悪魔のようにも道化のようにも見える。下忍共の被る死神面の非情とはまた違う、超越の高みから、或いは絶望の深みから、世界のすべてを嘲笑《わら》う面。

「貴様は」

「久し振りだな、零牙」

「黒薙怜門――」

仮面の忍者怜門は、その面に炎の照り返しを受けながら冷ややかに言う。

「おまえに遅れを取ったは虹之介の未熟。だが仲間として見捨ててもおけぬ」

「なに、すると貴様も」

「そう、骸魔六機忍に名を連ねる一人」

「そうか、そうだったのか……」

零牙は呻くように呟いた。

「捜したぞ、怜門……そうだ、俺はずっと貴様を捜していた」

「そうらしいな」

怒りも露わに、零牙が陽炎を構え直す。

忍びにあるまじき感情を覗かせた零牙をからかうように、仮面の奥から発する嗄《しわが》れた声で、

「いいのか、今のおまえには光牙としての使命があろう」

相手を睨め付けたまま零牙は答えぬ。

「俺からの挨拶はいずれ改めてするとしよう……それまでおまえが生きていればの話だがな」

不意に巻き起こった一陣の風が爆炎を吹き払う。怜門の姿はその風の中に溶け込むように消えていく。

「待てっ」

そこにはもう怜門の姿も虹之介の姿もなかった。

「黒薙怜門……」

零牙は陽炎を背中の鞘に納め、呟いた。

見つけたぞ、遂に、貴様を――

予期もせぬ邂逅に、零牙の全身が震えていた。

忍びにとっては危険な兆候であった。感情の水面《みなも》を僅かでも波立たせた者には、ただ死あるのみ。

「戎左、しっかりして戎左っ」

姫と若君の声に、零牙は我に返ったように背後を振り向いた。

一跳びに跳んで、倒れている戎左を抱き起こす。黒く焼かれた無残な姿となっている。助

かりようもないのは誰の眼にも明らかであった。

ようもここまで堪《こら》え切ったもの。さすがはその人ありと知られた武人であった。熱に爛《ただ》れ、開かぬ瞼が微かに動いた。張り付いた皮膚の奥から、目の光が漏れ出て零牙を見上げる。

様々な感情が入り交じった、末期の魂の光である。

この五日間、塊人と思っていた人は塊人ではなかった。謀《たばか》られたという怒りと、救われたという感謝と。そして何より、塊人は既にこの世にないと知った悲しみと。言いようのない複雑な感情の向けられる先は、常に忍び。

零牙は真っ直ぐにその光を受け止めている。彼の深沈たる眼差しは、自らのさだめと真摯に対する覚悟を示していた。

そうと悟ったためか、爛れた瞼の合間から漏れ出る光が微かに変化した。

零牙が大きく頷いて見せる。

それは死を前にして、すべてを託す願いの光であったのだ。

戎左は遂に異邦の忍びを認めたか。或いはやむを得ずして後を頼み、心残してあの世へ逝くか。神ならぬ身の人にも忍びにも知る由はない。が、了承を示す零牙の頷きを見て、戎左の魂は幾許《いくばく》かの安らぎを得たようであった。

鷹千代が戎左に縋り付き、

「死ぬな戎左、おまえの言うた通りじゃ、鷹千代は、一人ではなんにも出来ぬ」

瞼と同じく、膨れ上がって動かぬ唇が僅かに動いた。戎左は鷹千代にそっと手を遣り、
「生きて下され……生きて、強うなって……」
そして、息を引き取った。
啜り泣く真名と鷹千代。
零牙は無言で彼等を見つめている。
支配者達の冷徹が、戦いを生む。かくして忍び同士の死闘は始まった。
生き残るは、光牙か骸魔か。

胡蝶陣

一

「お放し下さいまし」

真名姫が零牙の手を払い除けた。

帷虹之介と名乗る怪忍者を撃退してより四日。灰の荒野は未だその果てを見せない。

戎左、塊人をはじめとする護衛の家臣をすべて目の前で喪《うしな》った衝撃から、姉弟の間で交わす言葉も自ずと途切れがちではあったが、それでも二人は今日まで健気に足を運んできた。

過酷な旅の疲労の故か、ふっと足を乱してよろめいた真名姫を、零牙が抱き留めたときのことである。

お放し下さいまし――姫は思わずそう叫んでいた。

零牙の先導に従いつつも、姫には消えぬ拘《こだわ》りがあるようだった。

忍びへの拘り。不可触賤民たる忍びへの。

――伝説の光牙と云えど、所詮は忍び。我等にとっては、骸魔も光牙も同じ異邦人。

忠臣戎左が生前の言葉通りである。闇に棲む化性《けしよう》の者共。怪しき術を操って人を惑わし、世を乱す。

──忍びの言葉が、どうして信ぜられましょうや。我等は忍びの策に嵌まって国を失ったばかり。

そうだ、国は既に失われた。父も、父の愛した民も、何もかも。

──情を知らぬ忍び如きが！　人の血の熱さと貴さを思い知れ！

塊人の叫び。今にして思えばそれこそが彼の遺言であったのだ。姫と鷹千代を密かに護るためとは言え、死せる者を生けるが如くに装い人を欺く。塊人の言い遺した通りのまさに無情。

すべての恨みは一朝一夕に消えるものではないだろう。少なくとも、姫の目に浮かぶ忍びへの嫌悪は本物だった。

「姉上……」

鷹千代が怯えたように姉を見上げる。彼は幼な過ぎる。幼な過ぎて世の習いを知らずにいる。

「そうか」

零牙はあっさりと手を放した。

「許せよ。要らぬ手であった」

姫は険しい視線を相手に向ける。

「今後は無用の手は貸さぬとしよう。だが、命に関わる咄嗟の場合はそうもいかん。予め謝っておく。おまえ達の父の依頼だ。俺はなんとしてもおまえ達を無事に落ち延びさせねばならぬ」

「父の依頼と申されますが、それも本当かどうか。忍びとは、物事の裏のそのまた裏を掻いて生きるものと聞き及びます」

「姉上っ」

鷹千代が今度は仰天したように、

「何を言うのじゃ姉上。零牙は、骸魔の追手と戦ってくれたではないか」

「貴方は黙って」

気弱の姫が常にないきつい口調で弟を遮る。高貴の身に慣れぬ旅の忍耐が、遂に尽きて激したか。

引き受けた仕事は必ずやり遂げる。それが光牙の掟よ——

帷虹之介に向かって零牙はそう言った。忍びとは確かに掟と総称される価値観に縛られて生きる存在である。何人《なにびと》も知らぬ、ただ忍びだけが深く心に抱《いだ》く価値。掟のために忍びは従《しょう》容《よう》として命を捨てる。その峻厳さは余人の想像の及ぶ処ではあるまい。

同時にそれは、別の世界の、別の価値観である。人は異なる文化、異なる種族を容易に受け入れられるものではない。むしろ徹底して排除に向かう。

姫は零牙に向かい、憤然と問うた。

「一つお教え下さいませ」

「なんだ」

「報酬はなんでございましょう。無限王朝とその配下を敢えて敵として働くからには、それ相応の見返りがあるものと存じますが」

「ほう」

零牙は面白そうに質す。

「それが訊きたいと言うのだな」

「是非に。人は狙いがあって動くもの。何が狙いか、訊かねば信用など出来ません」

「ならば教えてやろう」

姫の挑発に、零牙が応じる。

「報酬は、ない」

訊いた姫が絶句する。同じく鷹千代も。

「私達をからかうおつもりですか」

「いいや」

「そのお答えは、自らを信ずるなと申されたも同然」

「黄金の山とでも答えれば信用するか。いいや、するまい。如何なる財宝も命には代えられぬ。尤《もっと》も、浦路公には然るべき報酬の心積もりがあったかも知れぬし、こちらにもそれを拒む道理は元よりない。だが公はそれを告げる前に絶命した」

「ですが、貴方は」

「そうだ、俺は依頼を受けた。勘違いはするなよ。俺達は戯れに命を懸けるほど酔狂ではない。また骸魔も戯れに敵に回せるほど甘い相手ではない」

「では何故」

「俺達光牙は、無限王朝に抗う者。支配者の傲慢と永遠に戦い続ける、それが俺達の本能だ。故に蹂躙された人々の願いは無下にせぬ。ましてや、いまわの際に我が子を想う親の願いだ」

決然と言い切る零牙に、姫はさらに動揺する。

「そんな……」

そんな忍びがあるだろうか。

支配者に逆らう本能。それは既にして忍びではない。忍びの本能とは、強きを嗅ぎ分けて生き残りを謀《はか》る必然の性のはず。それが自滅に等しい反逆に向かう本能とは。

「姉上、零牙は、零牙は嘘を言うてはおらぬぞ」

鷹千代の無邪気。姫はそれを根拠なき童《わらべ》の言と退けられなかった。

虚実の間隙を衝いて相手の動揺を誘うが忍びである。ならばまさに零牙の術中。そうと知りつつ姫もまた弟と同じく、零牙の言葉に偽りの含まれぬことを直感していた。

それでも理解は到底出来ない。偽りでなければ、光牙とは姫の知る忍びとはかけ離れたものである。忍びに非ざる忍び。それは、一体――

「む……」

不意に、零牙が背後を振り返った。

「どうしたのじゃ、零牙」

鷹千代の声が聞こえないのか、零牙はじっと背後に目を凝らしている。

「何か見えるのか」

「いや……」

重ねて問う鷹千代に曖昧な答えを返しつつも、やはり荒野を見つめている。

気丈を装い姫が言う。

「私達を怯えさすまいというお気遣いならどうか御無用に。言うて下された方がかえって安心出来ます故」

「実は俺にもよくは分からぬ」

零牙は油断のない目を周囲に配りながら答えた。

「何が、でしょうか」

「何か気配のようなものを感じるが……それが分からぬ」

「まあ」

姫と鷹千代は驚いて周囲を見回す。何もない、ただ変わらぬ灰色の天と地と。

「追手でしょうか」

「いや、如何に隠形《おんぎょう》の術に長けた手練《てだれ》であっても、忍びならばこの俺が見逃さぬ。気配であって気配でない、とでも言おうか。或いは気配のない殺気か」

不遜とさえ言えるほどの自信と余裕に満ちていた零牙が、困惑の色を見せている。鷹千代は目に見えぬ脅威の接近を思い総毛立った。

「なんじゃ、一体」

「さあて、俺ともあろう者が、この退屈な風景に少々いかれたのかも知れぬ」

零牙の漏らした苦笑に、彼らしい余裕の片鱗を見たのか、鷹千代は少しほっとしたように胸を撫で下ろした。姉と零牙との諍《いさか》いが謀らず中断されたことにも。

「行くぞ。休憩はまだ先だ」

零牙は再び先に立って歩き出した。鷹千代はおずおずと姉に手を差し出す。姫は不承不承に弟の手を取って、黙って零牙の後に従う。

風は依然としてそよとも騒がぬ。天には鳥の影とてない。

彼方にわだかまった灰色の光は地平線を分明ならざる如くにぼやかすばかりであるが、視界は明瞭に開けていて何者の姿も見渡す限りは認められない。

地面は柔らかな砂に覆われており、足跡を残さずに接近することはまず不可能。

やはり零牙の思い過ごしか。姫も鷹千代もそう考え始めた頃。

「あれは……」

前方に何を見出したのか、零牙が急に足を早める。

「どうしたの、零牙」

鷹千代が姉の手を振り切って走り出した。

「あ、待ちなさい鷹千代」

姫は慌てて弟を追う。

走りながら二人も気付いた。前方にきらりと一瞬。何か光る物がある。

こんな所に、一体何が？

零牙が立ち止まって、足許を見下ろしている。

「どうした、何があった？」

追いついた鷹千代が、零牙の視線の先を見る。

そこに、一枚の鏡が落ちていた。

装飾も何もない、掌ほどの丸い鏡。隊商が落としていった物か。それにしては埃さえ被っておらず、まるでつい今し方置かれたもののように、艶《つや》やかに磨かれた鏡面が美しく光っている。

無造作に手を伸ばし、零牙が鏡を拾い上げる。

背後からそれを覗き込んだ真名姫が、あっと叫んだ。

鏡の中に映っているのは、零牙の顔ではない。黄金色の巻毛をした美少年である。歳の頃は十七、八か。鏡の中で退廃の笑みを浮かべている。

反射的に背後を振り返ったが、無論そこには誰もいない。

零牙は面白そうに鏡を見つめる。

「何者だ」

鏡の中の顔が答えた。

「骸魔六機忍が一忍、燦然寺鏡弥じゃ。見知りおけ」

「鏡の中からの挨拶とは痛み入る。そんな狭い所に居っては息が詰まらんか」

「生憎《あいにく》とな。鏡の中こそわしの世界、わしの天地。光牙の零牙よ、うぬが一命、わしが貰うた」

「ほう、鏡の中からどうやって」

「こうやるのよ」

答えと同時に、鏡面から鋭い刃が突き出された。その切っ先が零牙の喉元を貫くより早く、彼は鏡を地面の石に叩き付けていた。

鏡は粉々となって砕け散る。

すると同時に──周囲に哄笑が湧き起こる。数多くの笑い声が、一斉に。

姫と鷹千代は縮み上がって辺りを見回すが、声の主は何処にもいない。

「姉上、あれを」

鷹千代が破片を指差して叫ぶ。

「あれも、あれもっ」

哄笑は鏡の破片の一つ一つから発していた。

すべての破片に、鏡弥の姿が。

すべての鏡弥が、各々狂ったように笑っている。

「機忍法『散華鏡《さんげきょう》』。どうじゃ零牙、鏡の中のわしを斬れるか。すべてのわしを同時にな」

零牙が背中の太刀『陽炎』を抜く。

その途端。

「ここにもおるぞ」

右の耳許で声がした。驚いて右を向いた零牙の目に入ったのは――

己の手にある陽炎の刀身に映った鏡弥であった。

「これは――」

刀身の中の鏡弥が身を乗り出し、手にした短剣を振りかざす。細い刀身の像を突き破るようにして、短剣を握った生身の人の腕が通常空間に現出する。

零牙は咄嗟に身をのけ反らせ、太刀を放り捨てた。

致命傷は免れたが、顎の下に開いた傷口から流れ出た血が零牙の首に巻かれた亜麻色の忍風布を濡らしていく。

「その傷がわしの土産じゃ」

地に転がった刀から鏡弥の声。

「今日は挨拶までと思うて参った次第。零牙よ、先の道中、楽しみにしておれよ」

再びの哄笑が起こり、やがて、すべての気配が完全に消えた。

零牙は自ら放り捨てた己の太刀を拾い上げる。真名と鷹千代ははらはらしながら刀身を注視しているが、そこに敵の影はなかった。

陽炎を背中の鞘に納め、零牙が呟く。

「骸魔機忍法、侮《あなど》り難《がた》しか」

その言葉に反して、彼は笑みを浮かべていた。

胸元を己の血で真っ赤に染めながら、あの余裕に満ちた笑みを。

二

ようように灰野を抜けて、三人は東西よりの街道の交差点に当たる交易都市に至った。追われる身で街道に近付くのは危険であったが、旅の必需品を補給する必要がどうしてもあったのである。また姫も鷹千代も、二十日余りに亘《わた》る野宿に疲労し切っていた。

行き交う隊商のためのオアシスから発展したその街は、様々な国の様々な物資が取引される中立地帯でもあった。経済の交流を阻害するは如何なる勢力にとっても不都合となる。従って各種商工組合の寄合が差配する街は、今も完全な自治を保っていた。

交易の場である故に強固な城門こそないが、街は商人達に雇われた傭兵隊に守られている。

「商人ではないが、北の親族を訪ねる旅の途中だ。見ての通り、子連れでな。一夜の宿を求めている」

街の入口を固める傭兵に向かって、零牙は言った。

往時は隊商しか街に入れぬものと定められていたそうだが、今では決してその限りではない。他に便のよい施設がないこともあって、一般の旅人も街への立ち入りを許されている。

砂埃に塗《まみ》れたマントを纏った零牙は自ら名乗らず、連れの二人の身分も明かさなかった。

明かせば誰に密告されるか知れたものではない。姫と鷹千代の衣服は逃亡の旅の間に見る影もないまでに薄汚れ、余程丹念に改めぬ限りは一般の旅人と変わりなく見える。尤も問われれば偽名を名乗る手筈になっていた。

鎖鎧の上にサーコートを羽織った傭兵は、マントの継目から覗く零牙の太刀に目を止めたが、旅の用心に武装する者は決して少なくはない。むしろ旅行者の常識であった。

「よいか、くれぐれも市中で騒ぎは起こすなよ。もし何かあれば、理由の如何に拘わらず、我等が力ずくで叩き伏せる」

「承知している」

「よし、通れ」

傭兵は手順通りの決まり文句を口にしただけでさして怪しみもせず三人を通した。たとえ訳ありであっても珍しくもない上に子連れである。害はないと見たのであろう。

市街は大小無数の天幕で形成されていた。隊商のオアシスであった起源の名残であろうか。大通りには大邸宅、大聖堂に匹敵する規模の天幕さえ並んでいた。独自の技術で強固に組まれた土台と骨組の上に、高層の楼閣さえ有している。ただ壁と屋根が毛皮であり、織物であるというだけの高層建築。数十年に一度、その毛皮と織物とを張り替えることによって、もう何百年も建っていると云う。

列柱を繋いで支える毛皮の帯の、なんという強靭さか。鉄の如くして微塵も揺らぐ気配はない。

壁を成す厚い織物の柄の、なんという美麗さか。精緻な意匠に溜め息が漏れるのを禁じ得ない。

通りを行き交う人々の服装も千差万別、東西の文化が入り交じった街の歴史を物語る。

「わあ……」

鷹千代と姫は初めて見る異国の景観に目を見張っている。特に鷹千代は、見るもの聞くものすべてに惹かれているようであった。

零牙、あれはなんじゃ？　あれはなんじゃ？　あれは、あれは？

若君が漸く見せた歳相応の無邪気さであった。

〈さあさ旅の方々、お疲れじゃろう、振る舞いの名水じゃ、遠慮は無用、思う存分飲んでゆかれよ〉

何処からか謡いのような声が聞こえてきた。よく通る年季の入った名調子。釣られてその方を見る。

声は街の入口近く、大通りに面した小屋からのものであった。

小屋というより四阿《あずまや》か。他の建造物と同じく皮と織物で造られているが床はない。だいぶ簡素な趣《おもむき》で、壁が円筒状に丸く巡らされた外観はまさしく旅の休憩所といった処。

〈この水のあったればこそ、いまこの街がある、謂わば街の起こりの神妙水、天ならぬ地の底よりの命の恵み〉

どうやら長旅に渇き切った旅人のために設けられた公共の施設であるらしい。街に到着したばかりの商人が何人か立ち寄り、水の入った大きな器を受け取って嬉しそうに飲み干している。

ごくり、と鷹千代が喉を鳴らした。三人は今朝から一滴の水も飲んでいない。

「寄っていくか」

「うんっ」

零牙は先に立って小屋に入り、水の器を受け取って革張りの椅子に腰を下ろした。その隣にちょこんと鷹千代。器を両手で抱えている。真名姫もおずおずと弟に続く。

内部には先着の客が六人、それぞれの席で喉を潤している。中央にしつらえられた石造りの丸い囲いの中では、澄んだ水が滾々《こんこん》と湧いていた。側に立った係の女が、客の入ってくるのを見ると、颯《さっ》と器に水を汲む手順。

器は見た目より遥かに軽かった。陶器ではなく、獣の骨を削り出して拵《こしら》えたもののようである。夢中で器を傾ける姉弟を横目に、零牙はちびりちびりと酒でも飲《や》るように水を含む。

呼び込みの声の主は、僧侶のような黄土色の衣を纏った禿頭の老人であった。

「旅のついでに御覧《ごろう》じろ、太古灰野はまさに灰、旅人の難儀は筆舌に尽くし難く、行き方知れずとなる者もまた数多く、それがどうじゃ、この街を見よ、この市《いち》を見よ」

四阿の壁を成す織物の内側には、絢爛たる図がまるで壁画のように縫い取られていた。老人は壁の図の前に立ち、巻物を繰るが如くに口上を続ける。

肌理《きめ》細かな刺繡の図は、街の歴史を示すもののようであった。

昔、隊商からはぐれて生死の境を彷徨《さまよ》っていた男が、夢の導きに従って湧水を発見した。男はそこに街を作った。最初は小さな集落であったが、水を求めて立ち寄る隊商が増えるに従い、規模は次第次第と大きくなった。放浪の狩猟民族の出であった男と彼の子孫達は、その地方特有の伝承技術、工法を集大成し、毛皮と織物から成る都市の基礎を築いた。さらにその子孫が十の分家に分かれて、水脈を今も大切に守り続けている云々。

「十の分家は心も広く誇りも高く、その繁栄は今日世に隠れなし」

巷《ちまた》によくある説話の類型であるが、おそらく何千回、何万回と繰り返してきたであろう老人の口調は澱みなく、客の耳目を惹きつけている。鷹千代も水の器を手にしたまま、老人の話芸にすっかり聞き入っていた。

話はやがて、十の分家が時に反目し、時に団結して様々な苦難から街を守り抜いてきた件《くだり》に及んだ。

水の利権を巡る争い。隊商間の抗争。大盗賊の襲撃。疫病の発生。市街の大方を焼き尽くした大火災。三百年に一度の大竜巻。そして近隣諸国の干渉。

「中でもこのとき、人心を攪乱せんものと、市中に入りし忍びの跳梁は目に余る処と成りて、為にその頃相争いおりし十の分家は手を携え力を合わせ、忍びを一人残らず狩り立てた。雨降って地固まるの譬《たと》えの通り、十の分家は見事一つに纏まった次第」

老人は一際声を張り上げる。

その挿話を示す図は、街の広場に引き立てられた悪相の忍び達が、市民の裁きにより惨《むご》たらしく処刑されている様であった。

　鷹千代は思わず傍らの零牙を見た。

　老人の説話を聞いているのかいないのか、まるで表情を変えることなく、零牙は平然と器を口に運んでいる。

「こんな所にも忍びが喃《のう》」

「忍びなぞ、蜜に群がる虫も同然の輩《やから》よ」

「奴等の血はわし等とは違うのだ」

「忍びを一掃とは清々する。この街の衆の働きは大したもの」

　囁き交わす客達の声を耳にして、鷹千代が憤然と口を開きかけた途端。

「馳走になった。さて、行くとしようか」

　器を置いて零牙が立ち上がった。

「はい……さあ、鷹千代」

　すぐさま応じた姫が、釈然とせぬ顔をした弟の手を取った。

　四阿を出た零牙は、暫《しばら》く街の通りに沿って進んだ後、中程の大きさの天幕の前で足を止めた。

　そこは宿屋であるらしい。玄関の左右に掲げられた織物の紋様の古めかしくも典雅な風情から、相当の老舗《しにせ》と察せられた。

　円錐状になった宿の屋根を見上げて真名が嬉しそうに訊く。

「今宵はここに？」

「ああ。不服かな」

「いえ……」

真名は俯《うつむ》く。子供のように声を上げた己自身を恥じるが如く。

不服などありはしない。あるのは屈託である。その頑なさは生来のもののようであった。

「さあ、姉上、早う早う」

天真爛漫な鷹千代に引っ張られ、姫も零牙の後に続いて宿の敷居を跨《また》いだ。

初老の女将《おかみ》の案内で、天幕の外見からは想像もつかなかった立派な階段を上る。女将もやはり三人を怪しまなかった。前金で払った宿賃と相応の心付けのせいもあろうが、もっと胡《う》散臭《さんくさ》い客は、街の至る所に溢れ返っている。

あてがわれたのは四階建ての宿の最上階、二間続きの部屋であった。柔らかそうな毛皮の敷き詰められた久々のまともな寝床に、姫も思わず笑みをこぼした。

「おまえ達はこの部屋を使え。俺は手前の部屋にいる。少し休んだら腹拵《ごしら》えといこう」

零牙が隣の部屋に消えるより早く、鷹千代は歓声を上げながら全身で毛皮の寝床に飛び込んでいた。

宿の食堂に充《あ》てられていたのは別張りの天幕であった。他の客も少なく、広々とした天幕の中央で早目の夕食を取る。新鮮な肉と菜、温かい椀と濃厚な穀物の粥《かゆ》。そして芳醇な茶。

豪勢には程遠いが、物資の豊かな街に相応《ふさわ》しく、丹念に調理の施された献立であった。

「これ鷹千代、もっとお行儀良くなさい」

夢中で晩餐を掻き込む弟を姉がたしなめる。微笑ましい光景に零牙も和んだ。

「のう零牙、〈忍び〉とはなんなのじゃ？」

食後の茶を啜っていたとき、鷹千代が何気なく問うた。

「誰もはっきりと教えてはくれぬ。あんなに凄い技が使えるというのに、何故皆忍びを避けるのじゃ」

真名がはっとして遮る。

「鷹千代！」

「構わんさ」

零牙は鷹揚に答えた。

「忍びとは、〈別の世界〉から来た者を言うのだ」

「別の世界？　それは何処にある国じゃ？　遠いのか？」

「それが分からぬ。誰にもな」

「己の国が分からぬとは、変な話じゃ」

「確かにな」

「骸魔も光牙も、同じ国の者なのか？」

「おそらくは、違う。忍びの各流派はそれぞれ違う世界から来た者だろう。だから同じ忍びとは言え、互いに交わることはない」

「ふうん……」

「この世界ではない、別の世界の者である故に、忍びは常人ならぬ技が使える。またそれがために一層忌み嫌われる。この世界の人々にとって、忍びとは不可触の民――触れてはならぬ異邦人でしかないのだ」

真名姫は黙って俯いている。忍びを誰よりも嫌う己自身が、今は忍びに護られる身の上なのだから。

鷹千代は首を傾げながら、

「余所者だから嫌われておるのか。それでこの街の衆も忍びを嫌うのか」

「まあ、そういうことだ」

「光牙もか？　父上は光牙を信じたればこそ零牙を呼んだのであろう？　そうじゃ、父上が言うておった、光牙は伝説の忍びじゃと、心を持った忍びじゃと」

零牙は茶の椀を卓上に置き、鷹千代の目を覗き込むようにして言った。

「光牙は――俺達は、〈本当の世界〉の記憶を持つ忍びなのだ」

「本当の……世界？」

「そうだ、戦いに明け暮れる闇の世界ではない、真実の世界。本来そうあるはずであった世界。だが俺達とて鮮明な記憶がある訳ではない。何処かにもう一人の自分がいた、まったく別の暮らしがあった……朧気《おぼろげ》にそう感じるだけなのだ。ぼんやりとしたその思いが、俺達の胸を締めつける。帰りたい、本当の自分の世界へ帰りたいと」

話は途切れた。真名は言うべき言葉を見出せず、零牙は己の胸中の思いを噛み締めるように再び茶を口へと運ぶ。

鷹千代は懸命に理解しようとしているようだった。

「つまり、零牙は、国を失って、その上、国へ帰る道まで見失ったということか？」

「そうとも言えるな」

「では鷹千代と同じじゃ」

「ああ」

「零牙の国は鷹千代の国と同じように無限王朝に滅ぼされたのか」

「そこまでは分からない。だが、次元を制する絶対者『無限王朝』が関わっているのは間違いない。はっきりとした記憶はないが、俺達はそれを知っている」

「知っている？　記憶はないのに？」

「ああ、ただ〈知っている〉のだ。だから無限王朝も俺達を憎む。創世の神に等しい奴等の力に比べれば、ほんの取るに足らぬ羽虫に過ぎぬ俺達をな。どうやら俺達は奴等の根源を脅かす唯一の不安要素であるらしい」

鷹千代は黙った。零牙の話はすでに彼が理解出来る範疇を超えている。

「俺達は無限王朝と戦う。いつの日か奴等の正体を暴き、本当の世界へ帰るために」

「零牙は……帰ってしまうのか？」

不安そうな顔を見せる鷹千代に、零牙は優しい笑みを向ける。

「心配するな。今はおまえ達を護る仕事がある。俺達はこの世界で無限王朝の悪を懲《こ》らす。忍びの力を使ってな」

鷹千代は安心したように頷いたが、このときの零牙が見せた寂しげな顔は、彼の幼い心に刻み込まれた。そして弟のそんな心の動きを、姉はすべて見通しているかのようであった。


その夜。壁代わりの分厚い織物に掛けられた鏡に向かって、真名姫は洗い立ての髪を梳《と》かしていた。先程まで騒がしくはしゃぎ回っていた鷹千代は、いつの間にか寝床ですうすうと寝入っている。

久々の洗髪は驚くほどの心地好さをもたらした。それに生成《きなり》のこざっぱりした服。日中零牙が市で買い求めた品である。市中の娘が身に付けるありふれた古着だそうだが、肌触りはいい。何しろこんな服を着るのは初めてである。鷹千代と同じく、真名も何やら心浮き立つような気分であった。

櫛を持つ手が、ふと止まる。夕食時に聞いた零牙の言葉が唐突に耳朶《じだ》に蘇った。

――俺達は、〈本当の世界〉の記憶を持つ忍びなのだ。

本当だろうか。零牙の言うような、真実の世界が本当にあるのだろうか。

もしも……もしもそんな世界があるのなら、自分は……

ふいと鏡が曇ったような気がして、姫が眉をひそめる。

今まで鮮明に映っていたというのに。汚れでも付いたのだろうか。

姫は鏡に顔を近付けた。

汚れでもない。曇りでもない。何かぼんやりしたものが映っている。

不安を覚えて姫は背後を振り返る。何も不審な物はない。

怖々と鏡を覗く。そこにあるべき姫の顔はなかった。

あったのは、燦然寺鏡弥の顔。

姫の悲鳴に目を覚ました鷹千代が起き上がるより早く、隣の部屋にいた零牙が駆け込んでくる。

「貴様はっ」

異変を一目で察するや、一跳びで鏡と姫との間に割って入った。

「また会うたな」

鏡の中で鏡弥が嗤う。

零牙は姫を背後にかばいながら慎重に後ずさる。鏡の中からの攻撃に備えて距離を取っているのだ。

「燦然寺鏡弥とか言ったな。覗きが趣味とは思わなかったぞ」

「覗きか。そう、わしはなんでも覗ける、世のすべてを、ありとあらゆる鏡の中からな」

「いい趣味だな」

「光牙の零牙よ、うぬは亜空間を使うと聞いた。じゃがこの燦然寺鏡弥が居《お》るは鏡の中、即ち亜空間ならぬ二次元の世界。如何なうぬとて手は出せまい」

「相違ない。だが、取り敢えず黙らせることくらいは出来るだろう。貴様の顔はもう見飽きた」

言うなり、鏡面に向かって黒い塊を投げつけた。それは鏡面に当たって弾け、墨汁のような塗料で鏡面全体を覆い尽くした。

零牙は姫と鷹千代を振り返り、

「いいか、これよりは鏡を絶対に見るな。近付いてもいかん。それと、刀剣の類を身に付けるのも駄目だ。すべて置いていけ」

鷹千代はこくりと頷いたが、真名姫ははっとして朱鞘の懐剣を取り出した。立派な造作に浦霞浮線綾《うらがすみふせんりょう》の紋がその由緒正しきを示している。

「これは亡き母が形見の品、命に代えても手放す訳には参りません」

零牙は一瞬困った顔を見せたが、

「ならば仕方あるまい。その懐剣、決して抜くなよ。鞘に納まっておる限りは安心だろう」

姫はほっとしたように懐剣を胸にかき抱く。

「この街より先は暫く人家のない道が続く。鏡と出くわすこともないはずだ」

姫と鷹千代が頷くや否や、またも声がした。

「そうはいくかな」

声は寝床の横の文机《ふづくえ》より。三人は驚いて振り向いた。

机上に置かれた真名姫の銀の腕輪、その磨かれた表面に、鏡弥の顔が映っていた。彼の美しい顔が腕輪の湾曲に応じて歪んでいる。

「わしが居《お》るは鏡の中だけではないぞ」

恐るべし、骸魔機忍法――鏡のみならず、姿を映す物質間の移動が可能とは。

「姿の映る光り物ならなんでもいいという訳か」

「その通り、何人と雖もわしからは逃れ得ぬ」

腕輪の中の鏡弥が得意げに言う。

「ならば我等は光のない夜を往くとしよう」

「それで逃れられると思うなら、得心の行くまで試してみるがいい。じゃがその前にもう一つ教えてやろう。今宵うぬらを追うはわしだけではないぞ」

次の瞬間。

天井の革を、そして壁の織物を切り裂いて、寝室の中へと骸魔の下忍が躍り込んで来る。左右の壁からの敵に回し蹴りを食らわせ、頭上からの敵に拳を突き上げる。三方向からの敵を瞬時に斃し、零牙は姫と鷹千代を両脇に抱えて敵の裂いた穴から外へと飛び出した。

「咄嗟に太刀を抜かなんだはさすがじゃ。しかし何処へ逃げようとも同じことよ」

腕輪の中から、倒れた下忍の手にした刀の中から、鏡弥が哄笑する。

虚空に身を躍らせた零牙の両脇で――

姫と鷹千代は全身に凄まじい風圧を受け、声すら失っている。視界の夜景が一挙に拡がり、一瞬の後に急転する。

「姫よ、許せ。今が咄嗟のそのときだ」

落下しつつ軽やかに笑う零牙の声も、耳に入っているかどうか。

周囲の天幕の屋根に配置されていた骸魔忍群が、空中の零牙を目掛けて一斉に飛びかかる。夜の虚空に閃く下忍の刃。それを躱して零牙はアーケードの上に着地した。同時に降り立った二人の下忍を蹴り倒し、革張りの屋根を走り出す。鷹千代と真名姫は固く目を閉じ、ぎゅっと零牙にしがみつくのが精一杯であった。

密集する天幕の屋根を走り、襲い来る下忍達。それを体捌《たいさば》き一つで躱しながら、零牙は天幕から天幕へと飛び移る。

太刀を抜く訳にはいかない。建ち並ぶ天幕の窓からは明かりが漏れており、通りには街灯もある。夜とはいえ完全な闇ではない。太刀を抜けばその刀身から鏡弥の攻撃を食らう。いずれにせよ、両手は姫と鷹千代で塞がっている。

長く連なった天幕の屋根を、音もなく忍びが駆ける。獣の如く疾《はや》く、鳥の如く軽く。追う方も追われる方も、常人を遥かに超える平衡感覚を発揮している。

革張りの屋根から通りに降り立った零牙を追って、下忍達も後に続く。

石畳の舗装路を走り出した零牙の前方から現われる新手の下忍。仄《ほの》暗い街灯に死神の面の群れが浮かび上がる。

やむなく立ち止まる。周囲は骸魔の衆に囲まれていた。その数ざっと二十以上。

両手に抱えた二人を降ろして、零牙は囁く。

「少々待っておれよ」

莞爾《かんじ》と笑ってはいるが、しかし剣を封じられたままこれだけの数を相手にしようというのか。

骸魔下忍の群れに向かって零牙が一歩踏み出したそのとき。

「待て待ていっ」

街路の向こうより鎖鎧の一団が足音高く駆けつけてきた。

「これはなんの騒ぎかっ」

街を巡回する傭兵の隊であった。十五、六人はいる。厳めしく割って入った彼等は、一斉に振り返った異様な仮面の群れにぎょっとして、

「さても怪しい奴等。この街のしきたりじゃ、覚悟せい」

隊長らしき髭の巨漢が、部下達に号令をかける。

「容赦は要らぬ、一人残らず街から叩き出せ」

剣帯に吊した長剣を抜き放った隊長の鼻先に、何処から飛来したか、蝶が一羽。

ひらひらと夜の中を飛んでいる。ただの蝶ではない。全体が銀色に美しく輝いている。その羽は角度によっては青味がかったようにも、或いは緑がかったようにも見えて、真性の色と質感は定かでない。これは本当に蝶なのか。それとも蝶の形態をした別の何かか。

「むっ?」

隊長が足を止める。

一羽、二羽、そして三羽……数は瞬く間に増えて、光り輝く蝶が傭兵達の間を乱舞する。

「なんだ、この蝶は」

奇異にして優美なる光景に、傭兵達は驚きの声を発しつつ見入るばかり。零牙もさすがに目を丸くしている。

それに対し、下忍達が慌てて下がった。仮面の表情は無論変わるはずもないが、明らかにただならぬ怖れを示す行動であった。

下忍の動きを察して零牙が身構える。だが一体何が起こるというのか。乱舞する光の蝶は幻想としか思えぬ美しさである。

突如。蝶の群れの中で、何箇所かが眩く光った。同時に隊長を含め三人の傭兵が声もなく倒れる。

「なんだっ」「どうしたっ」

傭兵達が驚いて仲間に駆け寄ろうとする。

蝶の群れの中でまた何かが光った。今度は四人が崩れ落ちる。

「これはっ」「何が起こったのだっ」

理解のしようもない怪異を目の当たりにして、傭兵達は周章狼狽するばかりである。

またも閃光。光っているのは蝶の羽。それと同時に絶命する傭兵二人。

「鏡弥だけではなかったのか」

零牙が呻く。彼の目は、蝶の群舞の中をジグザグに走る一瞬の光の筋を捉えていた。銀色に輝く蝶の羽が光線を反射させている。羽から羽へ、あらゆる角度へと反射した光線が兵を撃ち抜く。燦然寺鏡弥の技ではない。彼が言った追手とは、下忍集団のことではなかった。更なる手《て》練《だれ》が待ち受けていたのだ。算を乱して我先に逃げ出そうとする傭兵達を追って、蝶の群れも移動する。屈強な傭兵達が子供のように泣き叫び、頭上の蝶を追い払いながら逃げ惑う。

闇の奥の如何なる地点から発せられたか、虚空を直進してきた白銀の光の線が、蝶の羽から羽へと瞬時に何十回も反射して、予期せぬ角度から確実に標的を射抜く。石造りの水桶の陰に隠れた傭兵も例外ではない。身を隠したその背後にひらひらと舞う蝶が、まったく別の地点を飛んでいた蝶からの中継を受けて攻撃する。その光に背を射抜かれて、隠れていた傭兵は即死した。何処に、何に隠れようと無駄。広く展開した蝶が全方向から光線を中継する。

下忍共が怖れをなして即座に退《ひ》いたも道理であった。光線を撃つもシールドを張るも、剣技体技の類と等しく、忍びとしての謂わば基本技能。だが単純な光線技を、これほど恐ろしく応用し得る者はそうは居るまい。

それぞれがまるで違う方向に走っていたにも拘わらず、傭兵達は十歩と歩む間もなく次々と倒れていった。

ほんの数瞬。十五、六人いた傭兵のすべてが物言わぬ死体と変じていた。

「零牙っ」

恐怖に怯え、鷹千代が零牙にしがみつく。

乱舞する蝶が再び集まり、ひとかたまりとなる。その中心に、茫《ぼう》と浮かぶ人影が。

「貴様か、今宵二人目の追手とは」

人影を見据えて零牙が問う。

「如何にも。骸魔六機忍が一忍、濡髪絵蓮よ」

若い女の声。蝶の群舞の中に佇むは、体の線も露わな濡羽色のレザースーツに全身を包んだ美女であった。その名の通り、夜目にも艶やかに濡れ光る長い黒髪が麗しい。

しなやかな肢体は女豹の如く、捕らえた獲物を決して逃さぬ敏捷にして且つ獰猛の気を孕《はら》む。そして、闇をそこだけ顔の形に切り取ったかのような白く鮮烈な面差し。髪と同じくしっとりと潤んで見える両の瞳は、妖しくもなまめかしい蠱惑《こわく》の光を秘めている。

「機忍法『胡蝶陣』に死角はない。如何な光牙者とて、私の技からは逃れられぬぞ」

「逃げるまでもないと思うがな」

言うや否や、零牙は蝶の群れに向けて掌から光線を放った。それは一羽の羽に当たり、絵蓮の周囲で次々と反射する。

「凄い！」

鷹千代は身を乗り出した——零牙は今見たばかりの敵の技で応戦している！

だが零牙の発した光線は、無防備に佇んでいるかに見える絵蓮にはかすりもせず、徒《いたずら》に反射して虚しく宙に消えた。

二撃、三撃。零牙は続けて光線を発するが、それらは悉く別の方向へと逸らされる。

「惜しいの。一見《いちげん》でそこまで使えるとは、聞きしに勝る手練と見た。だが地獄の淵を覗く思いで会得した我が機忍法、そう簡単には真似られぬぞ」

銀色の蝶に囲まれて、絵蓮が婉然と笑う。

「一見無秩序に飛ぶ蝶の羽の微妙な位置、細密な角度。それらを悉く読み、調整し、無限自在の攻撃経路を作り出す――それこそが機忍法『胡蝶陣』の要諦よ」

高らかに告げて右の人差し指をスッと突き出す。その指先から放たれた極細の光線が、すぐ近くを飛んでいた蝶の羽に当たる。光線は忽ちジグザグに屈曲し、上方を飛んでいた蝶の羽から零牙を撃つ。

紙一重でこれを躱したが、足許の石畳にはジュッと黒い孔《あな》が穿たれた。

「見たか、光牙者如きが見様見真似で出来る技ではないわ」

「ならばっ」

絵蓮本人を正面から狙って光線を連射する。だが蝶の羽に阻まれて、零牙の光線はやはりあらぬ方向へと逸らされるばかり。

「この蝶は私を守る盾でもある。そして、ほうら、こんなことも出来るぞ」

蝶の群れの中で屈曲を繰り返していた零牙の光線が、零牙自身に向けて跳ね返ってきた。寸前で横へ跳び、己の発した光線を辛うじて躱す。危うい処であった。

蝶自体には攻撃力はないらしい。ならば剣を抜いて斬り込むか。だがそれこそが敵の思う壺。抜刀した瞬間に燦然寺鏡弥の餌食となろう。

「そういうことか……」

零牙が呻く。

稲妻を呼ぶ零牙の陽炎を鏡弥が封じ、絵蓮が追い込む。骸魔六機忍の恐るべき連携攻撃であった。たとえ抜刀が可能であったとしても、これだけの技を使う術者である。通常の剣法が通用するかどうか。二段構え、三段構えの返し技も用意していよう。

「どうした零牙、それで終わりか」

強者の余裕で絵蓮が嗤う。

「そちらから来ぬと言うなら、こちらから参るぞ」

絵蓮を取り囲んでいた蝶の群れが、零牙達の方へと羽ばたいてくる。同時に絵蓮の姿が闇に溶け込むように消えた。

「まずいな」

零牙は反射的に鷹千代を背負い、左脇に姫を抱え上げた。あっと悲鳴を上げる二人に、

「暫く我慢してくれよ」

それだけ囁いて大きく跳躍する。

その後を追って飛来する蝶の群れ。

跳躍を繰り返して大通りを抜け、街外れに向かって疾走するが、執拗に追ってくる蝶の群れは振り切れぬ。

そして、さらに。

後方より、左右より。或いは前方からさえ。

虚空を迸ってきた細い銀の筋が蝶の一羽を撃つや、それは忽ち自在に屈曲して群れの内部空間を走り、思わぬ角度から零牙を襲う。

(言うたであろう、『胡蝶陣』に死角はないと)

疾走する零牙の耳に絵蓮の笑いが届く。本体の位置は分からない。

光線を発する大本の術者を叩くに如くはないのだが、その弱点が自明であるだけに、絵蓮の隠形はさすがに一流。群れと共に追ってきているはずだが、気配すら掴めない。何しろ接近する必要はないのだ。離れた位置から蝶の群れに撃ち込めればいい。それだけで本来なら攻撃出来ぬ位置にいる敵を仕留めることが可能だからだ。

絵蓮の声が告げた通り、三百六十度の全方位攻撃。この攻撃に死角はない。

忍びの術が詰まる処、暗殺技術であるとするならば、鏡から鏡へと移動出来る燦然寺鏡弥の『散華鏡』こそ最高の技の一つと言わねばなるまい。濡髪絵蓮の『胡蝶陣』もまた然り。ただ一羽の蝶が入り込むことさえ出来れば、光線による狙撃が可能なのだ。げに恐ろしきは骸魔の機忍法。実際に彼等はその技を数々の暗殺に用いてきたに相違ない。無限王朝の命ずるままに。

頭上から、足許から——

絶え間なく襲いくる銀の光線。

子供とは言え二人を抱えた零牙は、それを躱しながら走るだけで精一杯である。街の境界を示す柵を越え、夜の原野に出た。それでも蝶は依然として追跡をやめない。

姫と鷹千代は生きた心地もない。ひたすら零牙にしがみついている。

零牙一人ならば亜空間に逃れることは容易である。だが今は姫と鷹千代を連れている。

蝶は原野一帯に広がって三人を押し包む。

零牙は立ち止まって二人を降ろし、両手を気合と共に左右に広げた。

「裂《れつ》！」

その動きに応じて、左右の空間に亀裂が走る。闇の虚空に口を開ける更なる闇。異界の深淵に夥《おびただ》しい数の蝶が消える。亜空間に呑み込まれたら最後、何者も助かる術はない。

だが――

乱舞する蝶のすべてを一掃するにはまるで及ばず、空間の亀裂は消滅した。

(亜空間を使うとは聞いておったが、なるほど、左様な使い方も出来るのか)

感心したような絵蓮の声が聞こえる。

(どうやら空間の裂け目を長時間固定しておくことは難しいようだな)

零牙の気息が乱れている。亜空間を使う技は彼の心気を大きく消耗させるらしい。

(『胡蝶陣』の真髄、今ぞ見よ)

勝ち誇る絵蓮の笑い。周囲に展開した蝶から光線の連射を受ければ、如何に体術に優れた忍びであっても躱し切れるものではない。ましてや今は二人の命を抱えた身。

闇の原野に煌く無数の光が、即ち死出の送り火となるか。

その送り火が、次第次第と増えていく。

「蝶が増えてる！」

零牙の側で鷹千代が叫ぶ。

「いや、蝶ではない」

「えっ？」

ふわふわと新たに漂い来る光。それは確かに蝶ではなかった。

まったく別種の光であった。譬えて謂わば、蛍のような。

蝶の群れに入り混じったその光が、銀の羽に触れるや、蝶は忽ちにして光を失い、地に墜ちる。

謎の発光体が数を増すに連れ、蝶もぽとり、ぽとりと墜ちていく。

零牙は安堵したように言った。

「どうやら助けが来たらしい」

「助け？　助けとは？」

姫の問いに、零牙が笑みを浮かべた。

「俺と同じ、光牙者よ」

「零牙の他にも光牙がおるのか」

勢い込んで訊く鷹千代に、

「ああ、いるさ。大勢な」

「零牙よりも強いのか」

「さあ、それはどうかな。だが少なくとも、今来た助っ人が使う技は誰にも破れぬ。この俺にもな」

今や発光体の数は蝶の数を圧倒していた。

「これは……なんとしたこと」

蝶の群れの中に、絵蓮が実体を現わす。蝶は絵蓮の光線を反射させるだけでなく、彼女の隠形術にも与《あずか》っていたらしい。

光の乱舞する夜の原野に、何処からともなく笑い声が流れてくる。

「何奴《なにやつ》！」

絵蓮が狼狽した様子で周囲を見回す。

哄笑、大笑の類ではない。クスクスという少女の含み笑いに近かった。

「光牙の新手か！　姿を現わせ！」

闇に向かって絵蓮が叫ぶ。

笑いは更に大きくなる。可笑しくて堪らぬかのように。

真名姫と鷹千代も辺りを懸命に見回した。

入り乱れる二種の光の他、闇の原野には何もない。

いや、あった。

闇に佇立する枯れた大木。その枝の上に、何者かが腰を下ろしている。

「そこか」

見上げる絵蓮。枝の上の人影は、しかしクスクスと笑い続ける。

「おのれ」

颯と絵蓮が片手を上げると、蝶の群れが渦を成し、大木を螺旋状に取り囲んで上昇していく。

人影が漸く立ち上がった。

「螢牙《ケイガ》参上」

原野を覆う二種の光に照らされて、仄かに浮かぶほっそりした肢体。零牙と同じ黒いボディスーツに、白銀の手甲。紛れもなく光牙者と知れるいでたちである。然《さ》れどロングブーツと喉元の忍風布の色は汚れなき純白。短い髪の下のあどけない顔は、どう見ても十六、七。

螢牙と名乗った影に向けて、絵蓮が指先から光線を放つ。

軽やかに枝を蹴って飛び降りた螢牙を狙い、上空の蝶達が光線を地上へと反射させる。数条の光線を着地寸前ですいと躱し、少女は悠然と立った。

その周囲を取り巻くように浮遊する螢の如き発光体。

「綺麗な蝶々ね、貴女《あなた》のなの？」

小首を傾げて発したその言葉は、忍びのものとも思われぬ。確かに周辺の光景はこの上なく美しい光の群舞。だがそれは死と直結した美であって、彼女が立つは戦場の真っ只中に他ならぬ。

絵蓮が再び光線を放つ。複雑に屈曲して背後から螢牙を襲った光線は、しかし大きく逸れて虚空へ消えた。

「あっ」

驚愕に骸魔の女忍者が両眼を見開く。最後の反射の寸前、光を中継しようとした蝶に発光体の一つが触れたのだ。

「そう、これは私の光。綺麗でしょ、私のも」

悪戯っぽく笑う仕草も可憐。光牙の忍び装束を着てはいるが、まったくただの少女でしかない。

鷹千代は目を丸くして、

「あの女子《おなご》が助っ人か」

「ああ」と頷く零牙。

「本当に強いの？」

「まず光牙最強の一人と言っていい」

螢牙は横目で鷹千代と姫を見て、

「あんな子達を寄ってたかって殺そうなんて、貴女、美人なのに悪者なのね」

「何を……言っている？」

絵蓮が思わず訊き返す。生死を懸けた忍び同士の戦い。その最中《さなか》のものとは到底思えぬ物言いは、絵蓮ならずとも正気を疑う。

螢牙が片手の掌を唇にかざし、フッと息を吹きかけた。すると掌から無数の光が螢のように飛び立っていく。謎の発光体はやはり彼女が発生させたものであった。

「機忍法『螢火《ほたるび》』――悪いけど、貴女、もう助からないわ」

「戯れ言を」

絵蓮が右手の中指と人差し指の二本を立て、頭上にかざす。

彼女を中心に蝶の群れが渦を巻く。

螢牙の螢火もまた主《あるじ》を起点に広く展開する。

真っ向から対峙する蝶と螢の光の陣。

絵蓮が左の人差し指の先から光線を連射する。しかしそれを反射、屈曲させるべき蝶は、片端から螢火に取りつかれ、光を失っていく。

それでも幾条かの光線が四方から螢牙を襲う。これを避けるは最早不可能。絵蓮が勝利の笑みを浮かべた次の瞬間、螢牙の姿は螢火の中に溶け込んだ。四方よりの光線は螢牙がいたはずの空間を裂いて虚空に消えた。

絵蓮の蝶と同じく、螢牙もまた螢火を使って己の実体を眩《くら》ませているのだ。

「何処に隠れおった」

腰の後ろに装着していた短剣を抜いて、絵蓮が跳躍する。

――が、寸前で思いとどまったかのように螢火の手前に着地した。

全身が凍りつく思い。嘗《かつ》て味わったこともない、言いようのない恐怖。手練の忍びの直感であった。目の前に迫る儚《はかな》げな光――これに触れてはならない、絶対に。

後方へと大きく跳ぶ。螢火は彼女の後を追うようにゆったりと漂い流れてくる。

「もう遅いわ……貴女は助からない」

虚像か実体か、螢火の向こうにぼんやり浮かんだ螢牙が呟く。

「集《しゅう》！」

残った蝶を自身の周囲に呼び集め、絵蓮が姿を消す。ひらひらと群れ成して飛び去っていく光の蝶。それを追って螢火もまた空中を漂いながら移動していく。

「深追いは無用だ」

零牙が落ち着いた声で発する。

「今はこの二人を守るが先決」

「分かってるって」

闇の中に螢牙が姿を現わす。蝶の去った方を肩越しに振り返り、静かに呟いた。

「追う必要もないし。あの女《ひと》は、もう……」

そして零牙の二人の連れに向き直って、にっこりと微笑む。

「はじめまして、あたし、螢牙。よろしくね」

呆気に取られて、二人は思わず目礼する。螢牙と名乗るこの少女に、どう対応していいのか見当もつかないようだった。

「危なかったね。やっぱり零牙だけじゃ骸魔の相手は無理だったみたい」

「そんなことはない、と言いたい処だが、確かに少々危なかった」

零牙が苦笑しながら、

「実は、今もまだ危ない」

「そうみたい」

螢牙が周囲を見回す。一斉に姿を現わす骸魔の下忍衆。今まで何処に潜んでいたか、街から零牙を追って来た一団である。

「此奴等《こやつら》は燦然寺鏡弥という奴の命で動いている。目的は俺達に剣を抜かせることだ。剣だけではない、おまえも姿の映る鏡の類には近寄るな。今も奴は、下忍の刀身か何処かに潜んで、こちらを窺っているはずだ」

「よく分からないけど……それってつまり、剣の技を封じられてるってこと？」

「その通りだ」

「じゃあ、まるっきりあたしの出番じゃない」

「そういうことになるな」

「分かった。任せて」

螢牙が掌を一際大きく拡げ、長い息を吹きかける。そのときの螢牙の横顔は、心なしか何処か哀しげにも見えた。

螢牙の吐息に応じて掌から空中に飛び立っていく無数の光。淡く儚い様はその名の通り螢火のようでもあり、またあてどなく漂い流れる様はシャボン玉のようでもある。熱源体とも思えぬこの光はなんなのか。骸魔六機忍に名を連ねる濡髪絵蓮ほどの術者が、夢幻の如く掴み処のないこの光の一体何を怖れたのか。

「来るよ！」

鷹千代が叫ぶ。

抜刀した下忍群が猛然と原野を疾駆し、螢火の只中に突っ込んでくる。すると、その動きに反応した螢火が、まるで吸い寄せられたように動き、彼等の体に付着する。

先頭を走っていた下忍が、そのまま倒れる。彼だけではない、螢火に包まれた者は次々に倒れ、声もなく絶命する。

後続の下忍達が一様に驚愕し、足を止めた。接近してくる螢火を追い払うように手にした太刀を振り回すが、空中を浮遊する螢火は斬っても斬れず、下忍は忽ちの内にこの光に包まれる。

咄嗟に逃れようとした者もいるが、螢火は何処までも後を追い、その体を押し包む。

僅かの間に、骸魔下忍集団は全滅していた。術者たる螢牙は無造作に佇んだまま汗一つ掻いていない。

「あれは……あの光は、一体……？」

真名姫が呆然と問う。

「螢火か。あれが一体なんなのか、螢牙以外に知る者はない」

零牙も慄然とした面持ちで、

「熱でも電磁波でも細菌でもない。人工物なのかどうかさえ分からない。分かっているのは、あの光に触れた者は即座に命を失う。そして、これを防ぐ術はないということだけだ」

「なんて……恐ろしい……」

「確かに恐ろしい、この俺でさえも。『螢火』が光牙最強の機忍法と云われる所以《ゆえん》だ」

零牙をして最強と言わしめた術の使い手は、三人を振り返ってにっこりと笑った。

螢火を背景にしたその笑顔は、夜目にも愛くるしく、また幻惑的なものだった。


原野を走り、川を潜り、丘陵を越え——

長大な空間を跳んで濡髪絵蓮が実体を現わした。

（ここまで来れば、もう……）

体の奥に残る恐怖の塊。レザースーツに包んだ身が震えているのは夜の冷気のせいではない。

あの光はなんだったのか。見当もつかないが、絵蓮は己の本能に基づく判断を微塵も疑ってはいない。反射的に逃れたのは正解だった。あの場にとどまっていれば、おそらく命はなかっただろう。反撃するのは、敵の技の正体を突き止めてからでいい。

骸魔六機忍の名に懸けて、この恥辱は必ず晴らす——固く心に誓って歩き出す。

恥辱。そう、それはこの上ない恥であった。如何に伝説の光牙忍者とは言え、あんな小娘に遅れを取ったとあれば、他の六機忍から嘲笑われるは必定。この失地を回復するには、如何なる手を使っても『螢火』の技を破り、螢牙を斃すしかない。いや、斃さずに措くものか。あの小憎らしい顔を熱光線で爛れるまで焼き尽くし、全身を引き裂いて殺してやる――

体の奥底で、不意に何かが反応した。紛れもない、あの恐怖の感覚。

まさか――

背後を振り返って目を凝らす。

いた。どこから飛んできたのか、あの螢火が。

「馬鹿な！　どうやって！」

声に出して叫んでいた。あり得ない。ずっと後を追ってきたというのか。

地を蹴って跳躍し、再び逃れようと走り出す。

だが無駄であった。大した速度もないばかりか、ただ浮遊しているだけのように見えたはずの螢火が、難なく絵蓮に追い付いて、その全身に取り付いた。

絵蓮が前のめりに倒れ込む。

断末魔を上げる暇《いとま》さえなく息絶えて。

絵蓮の絶命と同時に――

骸魔の根城たる大聖堂、その祭壇に並べられた六つのランプの一つが、揺らめいて、消えた。

「濡髪絵蓮、死におったか」

それを見つめていた骸魔死皇丸が呟く。

「絵蓮の『胡蝶陣』を破るとは、さすがは光牙といった処か」

だが他のランプの発する声は、至って冷ややか。

（光牙者如きに遅れを取るとは、絵蓮め、骸魔の恥晒しよ）

（未熟者めが）

（いや、彼奴《きやつ》には元より六機忍たる資格などなかったのだ）

最後の声は虹之介のものであった。それに対して、十六夜毬緒と名乗った若い女の声が揶揄するように、

（笑わせる、光牙に遅れを取ったはお主とて同じであろう）

（なんだと）

（止めぬか、頭領の御前じゃ）

童女の声が諫《いさ》める。その声の主、魔妖女が六機忍の筆頭らしい。

魔妖女の声は続けて言う、

（御案じ召さるな、頭領。絵蓮死すとも燦然寺鏡弥は未だ彼奴等に憑《つ》いて居りまする故）

死皇丸は薄い笑みを浮かべ、

「案じてなどおらぬ。これでのうては楽しめぬというもの。そうであろうが」

（おお、それでこそ我等が頭領じゃ）

残る五つのランプから湧き起こる笑い声。その数はどうやら四つ。五つでないのは、鏡弥がこの場に居らぬためか。

「鏡弥の実体はこの次元に在らず。実体なき者を斃すことは如何に光牙と雖も不可能。さあて、どう出る。光牙の手の内、存分に見せて貰おうぞ」

闇に沈む暗黒の大聖堂で、美少年は至福の笑みを浮かべて遥か頭上の大天井を仰いだ。

縹渺《ひょうびょう》たる夜の原野を並んで歩く影四つ。

零牙、鷹千代、真名姫、そして新たに螢牙の影。

二本の光の牙に守られて、亡国の姉弟が夜を落ち往く。

その足取りは、姉弟の疲れの度合に応じて時に早く、時に遅く。

風もなく音もなく、周囲に在るはただ漆黒。

黒の含むは不安と恐怖、無明《むみょう》に迷う霊の絶望。

何処までも暗く閉ざされた未明の原野は、四人の行手の遠さと困難さ、心細さを徴《しる》していた。

「さあ、急ぎましょう。夜が明ける前に、悪い夢に追い付かれる前に」

姫と幼君を励ますように、螢牙が屈託ない声をかける。

明朗に澄んだ少女の声は、確かに夜の暗さと前途の不安とを打ち払って、二人の心に仄かな灯を点したようであった。

零牙は一人頷いている、それが、それこそが螢牙の力なのだと。

快活にして可憐。奇妙にして不可解。光牙最強の技を使うという忍び、螢牙。

無明に明を得た如く、新たな力を得た一行は、果てしなく塗り込められたような闇に向かい、敢然と足を進めるのであった。

鏡忍

一

濃霧の中、零牙は渓流に近寄って革の水筒を澄んだ水で満たした。

静止した湖水と違い、勢いよく流れる水には姿が映らぬ。姿が映れば、その瞬間に今度こそ鏡弥に喉を掻き切られるだろう。

用心のため、螢牙を含め他の者には如何なる水辺であろうとも近寄らぬように言ってはある。水を飲むにも、万全の注意を払ってはいる。出来るだけ光のない所で水筒の栓を開け、すぐに口をつけて飲む。姿さえ映らなければさすがの鏡弥も出現出来ぬようであった。

両眼の角膜に映り込む映像は避けようがないが、幸いその程度の大きさなら攻撃力は殆《ほとん》どないらしかった。それでも、互いの顔を正面から近付け過ぎぬようにしている。

「光牙者とは、存外に臆病よの。わしの顔さえまともに見られぬのか」

背後で声がした。既に嫌というほど聞き慣れた声である。

うんざりと振り返って、声のした方を捜す。

岩の合間の僅かな窪みに溜まった水の中に、燦然寺鏡弥の顔があった。窪みの面積に応じてごく小さい顔が。

「臆病はそっちだろう。いい加減二次元の世界から出てきたらどうだ。そんなに三次元が怖いのか」

「ああ、怖いとも。特に三次元の女はな。絵蓮を斃したあの小娘の技、あれには構えて近付くまい」

「それで二次元から追い回すのか。御苦労なことだ」

「わしを避け続けることは出来ぬぞ。今に必ずうぬは鏡の中にわしの顔を見る。それは同時にうぬの死顔となるのだ」

小石を水溜まりに放り込んだ。広がる波紋が鏡弥の像を掻き乱す。

音調の千々に乱れた哄笑を背後に聞きながら、零牙は渓流を後にした。

戦いは既に仕掛けられている。精神力の戦いだ。消耗に耐えられず、気を乱した方が負ける。だが敵は、持久戦にこそ長《た》けている。

螢牙達の待つ森へと足を運びながら、零牙は改めてこの異様な追尾者の恐ろしさを思った。

霧に包まれた森一番の大木の根元に戻ったとき、そこには鷹千代しかいなかった。

「螢牙と真名はどうした」

節くれ立った太い根に座った鷹千代の隣に腰を下ろす。

「花を摘みながら、あっちの方へ」

鷹千代は叢の所々に顔を覗かせている薄紅色の花を指差した。

耳を澄ますと、確かにそう遠くない所で戯れる少女達の声が聞こえる。

「気楽なものだな」

森には鏡となり得るものは何もない。あったとしても先程の水溜まりのような規模では、余程間近に寄らぬ限り害はなかろう。それに螢牙が一緒なら、まず心配には及ぶまい。

やれやれ、と零牙は独りごつ。

「女同士、仲の良いのは何よりだ」

呑気そうに口にしたが、実質はそうでないことを零牙はよく承知している。

片や姫君、片や忍び。育ちも境遇もまるで違う二人の少女。それだけではない。姫は心底忍びを嫌悪している。姉弟の命を預かった光牙者とて例外ではない。同じ年頃とは言え、忍びである螢牙に容易に心を開きはしないだろう。

それでも——と零牙は思う。それでも螢牙なら、或いはと。

持ち前の天真爛漫な明るさで誰とでも打ち解け合うのが『螢火』と並ぶ螢牙の得意技であった。人の心を摑む術、それも忍法と呼べるなら、螢牙こそまさしく最高最大の術者であろう——

鷹千代は口をつぐんだ零牙を見上げる。立ち籠める霧を見つめながら、別の何かを見ているような横顔を。

「ねえ、零牙」

「なんだ」

「螢牙は、変わっているな」

「あの年頃の女はみんな変わっているものさ」

「そんなのではない」

はぐらかすような相手の口調に、鷹千代は頬を膨らませた。

「もういい、零牙には訊かぬ」

「すまん、すまん」

零牙は破顔して詫びる。

「おまえは何故螢牙が変わっていると思うのだ。あの突拍子もない物言いか。それともやたらと馴々しい態度か」

「それもあるけど……」

鷹千代は考え込みながら、

「よう分からぬ……けれど螢牙は誰とも違う。鷹千代や姉上や父上や、城の者みんなとも。姉上は忍びだから違っていて当たり前と言うが……そうじゃ、零牙とも違っておる」

零牙は感心したように鷹千代を見つめる。

「おまえは良い目をしているな」

「目？　鷹千代の目か？」

「螢牙は確かに違っている。俺達の中でもな」

「光牙の中でもか？」

「そうだ」

零牙は言った。遠い何かを見る眼差《まなざ》しで。

「〈本当の世界〉の記憶を持つ忍び。それが光牙だと前に言ったな」

「うん、ようは分からなんだが」

「分からずともよい。今はまだな」

またあの顔だ、と鷹千代は思った。天幕の宿で見せたあの寂しげな顔。

「記憶と言っても、薄ぼんやりとした幻のような感覚でしかない。だが螢牙は違う。螢牙は〈本当の自分〉の鮮明な『記憶』を持つ唯一の忍びなのだ」

鷹千代は混乱した。やはりよくは分からない。

「それだけではない、螢牙は〈本当の自分〉の『証拠』を持っている」

「〈本当の自分〉の『記憶』……？」

一面の花と霧の中で、真名姫は思わず訊き返した。

ええ、と螢牙が笑う。小さな顔一杯に大きな口をにっこりと開けて。年齢に相応しい愛嬌に満ちた笑顔。凍て付いた心をも溶かすような。その笑顔に、自分は否応なく誘い出された。

――ねえ、お花を摘みに行きましょう。

――お花を？

――ええ、この先でいっぱい咲いてる所を見つけたの。とっても綺麗よ。

――でも、私は……

――いいでしょう、行きましょうよ。実を言うとね、あたし、同じ年頃の女の子に会うのって久し振りなの。

螢牙の言った通り、一面の見事な花畑であった。淡い紅の色の美しさに、姫の顔も思わず綻《ほころ》んだ。

わだかまりを胸に抱きつつも花に手を伸ばしていた姫に、螢牙は突拍子もないことを言う。

「あたしには『記憶』があるの。仲間のものとは違う、はっきりとした記憶。以前はあたし以外にもそんな『記憶』を持つ仲間がいたんだけど、今はあたし一人。でもね、全部じゃないの。断片なの」

「断片、ですか？」

「ええ。一つ一つはなんのことだか、意味さえ分からない。でもね、たとえ記憶のかけらでも、ないよりはまし。そう思わない？」

「え、はい……」

よく分からぬまま曖昧に頷く。螢牙は上機嫌で叢の花を摘んでいる。姫も足許に顔を覗かせて
深い霧の漂う静かな木立。

いた花に手を伸ばす。それを摘み取ったとき、唐突に思った——その通りだ。

「分かります、螢牙様」

顔を上げて言う。自分でも驚くほど大きな声だった。

「記憶のかけら……それがあるということは、いえ、あるというだけで、どんなに素晴らしいか」

「でしょう?」

花を抱えて、螢牙が笑う。

「意味は分からなくてもね、全部の記憶を並べてみると、蘇ってくるの。なんて言うのかな、楽しさみたいなものが。嬉しいとか、素敵だとか、そんな気持ち。本当のあたしは、そんな毎日を生きてたんだって」

そう語る螢牙の表情は、確かに生き生きと輝いていて、かけがえのない『記憶』の価値を信じさせる。

骸魔六機忍の一人を斃した手練の忍びとは到底思えぬ。腰のベルトに小太刀を差してはいるが、胸に花を抱えたその姿は可憐な少女以外の何者でもない。

こちらの心にするりと入り込んで、しかもまったく不快でない。真名姫は螢牙に惹かれるものを感じていた。忌み嫌う忍びであるはずのこの少女に。

「でも不思議ね」

「何がですか」

「貴女はお姫様でしょう？　忍びのあたしなんかより素敵な記憶が一杯あるでしょうに、『記憶』のかけらが素晴らしいなんて」

真名は無言で俯いた。

深窓の姫君として育てられた真名の周囲には、これまで心許せるような同年代の少女はいなかった。表面上は敬しつつ、その実、心の距離を置く臣下の子女ばかり。少なくとも螢牙のような率直な態度、口調で接してくれる者はいなかった。

活発そうな短い髪、生命の輝きに満ちた瞳、楽しげな笑みしか知らぬような唇。すべてが羨ましいとさえ思えた。

「何もないのです、私には……楽しい記憶なんか、何も」

「ごめん……悪いこと、聞いちゃったかな」

「いえ……」

霧の花園に二人は暫し無言で立ち尽くす。

「螢牙様」

思い切って顔を上げる。

ならぬ、心を許してはならぬ、相手は忍びなのだ——心の声が押しとどめる。しかし高ぶる思いは最早抑えようがなかった。

「教えて下さい、どんな記憶か」

「だから意味は分からないの。それでもいい？」

「お願いします。知りたいのです、〈別の世界〉について。螢牙様のいたという世界についいて」

「そうね、一番はっきりしたのはね……」

螢牙は考え込むように小首を傾げ、

「あのね……『学校』というのがあるの」

「ガッコウ？」

「灰色の石みたいな、でも自然の石じゃないもので出来た四角い建物なの。同じ歳の女の子や男の子が、毎日通うの」

「通うって、その建物へですか」

「うん」

「なんのためにですか」

「狭い部屋で、みんな小さい机に座っていて、細長い黒い板を見つめてるの。板の前には誰かが立ってる……お爺さんのときもあれば、素敵なお姉さんのときもある」

「その黒い板を見るのが楽しいのですか」

「うーん……」

何故か螢牙は首を捻った。

「黒い板自体は楽しくないかな……どちらかというと退屈。でもね、みんなとそういう時間を共にしてるってことが楽しいの。いろんな人がいるわ。名前も思い出せないけど、みんなとっても面白いの。いつも大声で笑ってたわ。一緒に走ったり、歌ったりもするのよ」

真名は目を閉じて想像してみる。同年代の子女、子弟。皆が常に笑っている。そして共に走り、共に歌う――

「楽しそう……とっても……」

心からそう思えた。考えるだけで胸が弾んだ。やはりあるのだ、そんな世界が、何処かの次元に。目の前の少女は、確かにそこからやって来た。

「教えて下さい、もっと、もっと」

「ほんと？　ほんとに聞きたい？」

「ええ！」

せがむ真名姫に、螢牙は心から嬉しそうに言った。

「じゃあ、その前に見せてあげる。特別よ」

「見せるって、何をですか」

『証拠』

「え？」

「あたしは、〈本当の自分〉の『証拠』を持ってるの。あたしの『記憶』が本当なんだって証拠の品」

螢牙は懐から一枚の紙片を取り出し、真名姫に差し出した。

それは、色褪せた一枚の写真であった。

見たこともない揃いの服を着て、こちらに向かって微笑んでいる五人の少女達。背景に写っているのは直方体の形をした奇妙な建物。そして信じ難いことに、空が青い。

「ほら、ここ……これがあたし」

螢牙が左端から二番目の少女を指し示す。

「……本当ですわ！」

両隣の少女とじゃれ合うように腕を取り合って無邪気に笑っている短い髪の少女。その笑顔は、紛れもなく螢牙のものだった。

真名は写真の少女の笑顔と、眼前の忍びの笑顔とを何度も見比べる。

「ね、あたしでしょう？」

「ええ、ええ！」

「見て、この服。とっても可愛いでしょう？『学校』ではね、女の子はみんなお揃いの服を着ているの」

濃紺の上着。縁に水色の線の入った幅広の白い襟。胸元の赤いスカーフ。

「みんな笑ってる、こんなに楽しそうに……」

「この紙……あたしだけが最初から持っていた……いつ、何処で手に入れたものなのかは分からない……」

両手で写真を胸に押し抱き、螢牙が呟く。

「これが本当のあたし……そう、きっとそうなんだわ……」

その呟きは、それまでの朗らかさではない、明け方の夢のような、儚い何かに満ちていた。

「でもね、一緒にいる四人が誰なのか、どうしても分からない……」

哀切と、そして悲愁とが螢牙を包む。

「多分みんなあたしの大切な人なんだと思う……なのに、名前も何も分からない……ただこの一枚の紙があたしの手の中にあるだけ……」

なまじ『記憶』と『証拠』があるだけに、螢牙は他の光牙者以上の苦悩を背負っているのかも知れぬ。そうと思い至って真名は言葉を失った。

「それだけじゃない、あたしは自分の本当の名前さえ分からない。記憶があるなんて言いながら、それは記憶のかけらでしかない。断片なの、何もかも。そう、千切れてバラバラになってしまったあたしの断片」

「螢牙様……」

「実在する、この世界は、きっと。そう信じられる限り、あたしは生きていける、あたしはあたしのままでいることが出来る……そんな気がするの」

憂愁の中にも明るさと力強さを取り戻し、螢牙は言う。

胸を詰まらせながら、真名は大きく頷いた。

「ええ……私も、そう信じます」

二

濃霧の中、大木の根に腰を下ろして、零牙と鷹千代は二人の帰りを待っている。

待ち人は二人の少女だけではなかった。螢牙の話では、光牙の援軍は彼女以外にあと二人。その集合地点として指定されたのがこの森であった。螢牙は他の二人の名を知らず、取り急ぎ先行したと言う。

部族連合が勢力を張る地に向かうには、大まかに言って二つの経路がある。西回りで街道を往くか、東回りで岩稜地帯を抜けるか。霧の森は丁度その分岐点に当たる。落ち合う場所としては都合がいい。普通の旅人は西の街道を往く。東の岩山を辿《たど》る者など今は絶えてないと聞く。いずれにしても、優に三十日は超える行程である。

考えに耽る零牙の横腹に、こんと重みが加わった。鷹千代の頭であった。単調な霧を眺めていて瞼《まぶた》が重くなったのか、零牙に凭《もた》れ掛かってこくりこくりと居眠りをしている。

フッと微笑んで零牙は視線を虚空の霧に戻す。

あと二人の援軍。さて、誰が来るか。腕の立つ者であればよいが、光牙の仲間は皆それぞれの任務を抱えて各地に散っている。手練の手が果たして空いているかどうか。

暫し思いを巡らせていた零牙の眉が、ぴくりと動く。

「起きろ、鷹千代」

肘で鷹千代を揺り起こす。

「なんじゃ、どうした」

目を擦《こす》りながら鷹千代が欠伸《あくび》をする。

蛍牙も真名の手を曳いて霧の向こうから急ぎ戻ってきた。

「零牙っ」

「分かっている」

頷いて立ち上がる。

敵の気配。濃密な霧の周囲に無数の殺気がひしめいている。

「凄い数。まるで総攻撃ね」

蛍牙が掌を唇にかざす仕草を見せ、

「……やる？」

「待て。今は仲間と合流を果たすが先決だ」

（合流ならもうしている）

声がした。

霧の中に人影が浮かぶ。

如何にして敵の包囲を抜け、いつの間に接近していたのか。影は忽然とそこにいた。まるでその部分だけ霧が避けて流れたように、忽ち明瞭となるその実体。

「星牙《セイガ》参上」

長身の女であった。長い髪。光牙独特の黒い忍び装束。喉に巻いた忍風布は紫苑《しおん》の色。双《そう》眸《ぼう》は鋭くも強靭な意志を示し、何より、貴人に優る美貌が示す誇りの高さ。

「援軍とはおまえだったのか、星牙」

「ああ、おまえ一人ではどうにも頼りなくてな」

「口の悪さは相変わらずか」

零牙が苦笑する。二人の態度と口調から、星牙と名乗った忍びは少なくとも零牙と対等の手練のようであった。歳の頃も零牙に近い。だがその目は零牙以上に不敵、不遜。

「少なくとも姫のお世話はおまえには不得手だろう。そう思って螢牙を先に遣った」

「いや、正直それだけは大いに助かった」

大真面目に頷いて、

「で、残る一人は」

「弓牙《キュウガ》だ」

「なに、あいつか」

「まだ着いておらぬ処を見ると、少し遅れているようだな」

「ううむ、螢牙に加えておまえ、それに弓牙か……手練中の手練ばかりだな」

「骸魔も最精鋭たる六機忍を投入しているのだ。それに対抗出来る使い手でなければ意味はない」

「確かにな」

「尤も、螢牙も弓牙も、技はともかくまだまだ子供」

「それも確かに」

「あ、ひどい」

螢牙が拗《す》ねたように抗議する。

「また子供扱い？」

「事実だから仕方あるまい」

ぶっきらぼうに答える星牙に、螢牙は、もう、と膨れて見せる。彼等のいつものやり取りなのであろう。

「零牙……」

姉と身を寄せ合いながら、鷹千代が不安そうな声を上げる。

霧の彼方で、無数の影が蠢いていた。

光牙の三人は平然としている。敵の接近は先刻承知といった風情。

「露払いは私がやる。螢牙、おまえは姫と若君の側を離れるな」

背中の太刀に手を掛けた星牙に、

「待て星牙。敵に鏡の中に潜む術者がいる。六機忍の一人で燦然寺鏡弥という奴だ」

「それで？」

「太刀を抜いたら、その刀身から攻撃される」

「詰まらぬ技だ」

なんたる自信か、星牙は退屈そうに鼻で笑った。

「私の技は零牙、おまえもよく知っていよう。鏡弥とやらの技が通じるかどうか、そこで見ておれ」

「そうか、分かった」

刀の柄に手を掛けたまま、星牙は走り出した。

速い。上半身を低く沈めた忍び独特の走りである。

星牙に引き付けられたように、霧の中の影が一斉に動く。一度に掛かって一人ずつ確実に仕留めようという狙いか。星牙一人に対し敵は多数。

「大丈夫なのですか、あの方お一人で」

真名姫が零牙を振り返った。だが彼はまるで平然としている。

「心配するな」

「でも刀を抜けば、あの方は」

「あれでも光牙きっての使い手の一人だ。まあ見ていろ」

星牙が速度を増す。正面から迎え撃つ骸魔の下忍は、五人、六人、いや八人。全員が抜刀している。突っ込む星牙の右手は未だ右肩の太刀の柄に掛けられたまま。

星牙の走りが更に速度を増す。忍びが常人に勝る身体能力を有しているとしても、余りに速い。その速度は際限なく増加し――

「……出るぞ」

星牙の動きを目で追っていた零牙が呟く。

迎撃する骸魔の先陣と星牙が遂に接触するかと思われたその寸前。

星牙の姿が、消えた。

「あっ――」

真名と鷹千代が目を擦るより速く、星牙が忽然と姿を現わした。遥か前方、即ち敵集団の後方に。

叢の中に立った星牙が、太刀を背の鞘に納める音がした。

八人の下忍が同時に鮮血を上げて倒れ伏す。

「えっ？」

二人は更に混乱する。

星牙の姿が消えたように見えたのは錯覚だったのか。いや違う、星牙は一瞬で違う場所に現われた。

跳躍したのか。いやそれも違う、幾ら忍びと雖も跳べる距離ではない。

星牙は何故太刀を鞘に納められるのか。抜いてもいなかった太刀を。

そして、斬られてもいないのに斬られた下忍達は――

「機忍法『流れ星』」

叢に立った星牙が振り返る。

「何者の目にも捉えられぬ速さで流れ去り、その間に在る者はこれを斬るも斬らぬも思うがまま。流れ星の如く過ぎて、過ぎたことさえ知り得ざる一瞬の剣よ」

加速。

星牙は走行速度の頂点で加速状態に入り、八人の敵を斬ってから通常の速度に戻ったのだ。一瞬姿が消えたように見えたのはそのためである。

星牙は確かに剣を抜いた。但しそれが加速された時間の中であったため、さすがの鏡弥も反応し切れなかったのだ。星牙の自信はこの故であった。加速状態を脱したときには、既に刀は鞘に納められている。

人体が加速状態に突入し、これを維持したまま恣意的に活動するには、常人を遥かに超える筋力、骨格強度、動体視力、認識能力などが必要となる。しかも体表には相当の摩擦熱が発生する。然《しか》るに艶《つや》やかな長い髪を含め、悠然と立つ星牙の外見に熱の生じた痕跡はまるでない。

ならば、星牙は一体どうやって加速したのか。

(『流れ星』、久々に見たよ。相変わらず凄いな)

何処からか新たな声がした。

「誰じゃ?」

声の主を捜して辺りを見回す鷹千代の肩に、背後から誰かが手を置いた。

「君が鷹千代君《ぎみ》か。ここまでよく頑張ったな」

驚いて振り返る。そこに立っていたのは、温和な笑みを浮かべた少年であった。

「弓牙、あんた、遅いわよ」

「ちょっと仕事でね」

螢牙が少年をからかうように、

「そんなこと言って、またどっかで遊んでたんでしょう」

「おまえと一緒にするなよ。敵の布陣を調べてから来たんだ」

少年はむっとしたように応じる。歳の頃は螢牙と同じ十六、七。背は螢牙よりは頭一つ高いが、それでも零牙よりはだいぶ低い。凜として涼やかな顔立ち。忍風布の色は浅葱。背中には太刀ではなく青磁の弓を担いでいる。

「それで、敵は」

いつの間にか近くに戻っていた星牙が質《ただ》す。こうしている間にも、骸魔衆が霧の向こうを十重《とえ》二十重《はたえ》と固めている気配がする。

「本隊は西にいる。街道はとても通れない」

「ならば東の岩山を抜けるしかないか」

と零牙。だが既に西も東もない。四方は敵に包囲されている。

星牙に斬られた仲間の死骸を踏み越え、霧の中を接近した仮面の集団が、最早はっきりと見て取れる。逃れようのない鉄壁の布陣を敷いていた。

「先に行ってくれ。こいつ等は僕が引き受ける」

おもむろに弓を手に取った弓牙が、腰の矢筒から抜いた青磁の矢を一本つがえ、霧の向こうへと引き絞る。その鏃《やじり》もまた青磁。鏡弥が出現する怖れはない。だが無数の敵を相手に、たった一本の矢で彼は何をしようというのか。しかも誰かに狙いをつけたとも思えぬ、極々無造作な構え方であった。

「機忍法『次元弓』、見せてやるよ」

敵は老大木を中心に完全な円陣を敷いている。対して弓牙の矢は一本、一方向。

表情の浮かぶはずのない敵の仮面が笑ったように見えた。

如何なる合図を用いているのか、呼吸を合わせて一斉に殺到してくる。

同時に弓牙が矢を放つ。一直線に霧の中を直進するかと見えた矢が、虚空にスッと消えた。

次の瞬間、円を狭めるように迫っていた下忍全員の眼前に、突如同じ矢が出現した。

胸の同じ位置を射抜かれ、下忍達が残らず倒れる。

複雑な異次元を経由し、複数に増えて敵を射抜く神変万化の矢『次元弓』。

「さあ、今の内に。僕も後からすぐに追いつく」

次の矢を構えながら弓牙が促す。

「分かった。無理はするなよ」

先頭に立った零牙に続き、一行が走り出す。

それを横目で見送り、弓牙は大木を背に再び正面に向かう。

下忍の一人が間近に迫っていた。剣を上段に振りかぶって突進してくる。

弓牙がひょうと放った二の矢を、下忍はすかさず手にした剣で払う。だがその剣は虚しく空を斬り、同時に下忍はばったりと前のめりに倒れ込む。彼の背には、深々と青磁の矢が突き立っていた。

弓牙の矢は、敵の剣と接触する寸前で異空間へと消え、百八十度反転した角度で以て敵の後方に実体化したのである。

正面から飛来した矢が、背後から襲って来る――

「『次元弓』の使い方はまだまだある。これより先は容易に通れると思うなよ」

立ち籠める霧に向かって、少年が凛と言い放つ。

どちらかというと繊細、柔弱の外見ではあっても、やはり零牙の評した通り、並外れた使い手であることは最早疑いようもない。

先程の手並みを目の当たりにしている骸魔衆は、霧に潜んだまま迂闊に姿を現わせないでいる。

「それで隠れたつもりか」

一本の大木に向けて矢を放つ。霧の中を直進した矢は大木の前で消え、その後ろに潜んでいた下忍を貫いた――まるで大木を擦り抜けたように。

「『次元弓』の前にはどんな障害物も意味はない。何処に隠れたって無駄さ」

その言葉の通り、森のあちこちに潜んでいた骸魔衆が、虚空より出現する矢に次々と射抜かれていく。

中には咄嗟にシールドを張った下忍もいるが、青磁の矢は途中の空間を易々と跳躍して敵を射る。

追手の足は今や完全に霧の森に釘付けにされていた。それどころか、生きて森を出ることの出来る者が果たして何人いよう――

三

東の岩稜地帯に入った零牙達は、昔日の修験道の名残をとどめる険阻な踏み跡を辿り、複雑な地形を成す岩山の核心部に近付いていた。西の街道の延びる地方と違ってこの辺りには雨も滅多に降らない。従って岩の窪みに溜まった雨水が姿を映す水鏡と変じる怖れもない。他の行路に比して機忍法『散華鏡』の脅威は少ないものと考えられた。それでも念のために移動は専《もっぱ》ら夜と定めている。

「暗いよ、暗いよ……」

闇の中で声がした。

鷹千代であった。

「姉上……何処にいるの……」

夜の最も深い頃。各自が岩に凭れ掛かって小休止を取っていたとき。旅の疲れにまどろんだ鷹千代が、悪夢にうなされているらしい。

無理もない。鏡を怖れ、光を怖れ、夜と闇とを選んで往く旅。気は一時も散じることなく何処までも鬱々と沈む。鷹千代ならずともうなされよう。

「ここに、私はちゃんとここにいますよ」

真名姫の応じる声。

「鷹千代、私はいつも貴方の側にいます」

「姉上っ」

目を覚ました鷹千代が、ひしと姉にしがみつく気配。

眠りから覚めても、そこには悪夢と同じ闇しかない。

いつ、何処で、或いは何処から、鏡に巣くう魔性が襲い来るか。終わらぬ悪夢とはまさにこれ。実に恐るべき暗鬼との戦いである。

絶え間ないその緊張は、常人の耐え得るものではない。鷹千代を抱き締める姫とて、弟同様、疲弊の極にあるはずだった。

「明かりを点けて、姉上、お願いじゃ、明かりを点けて」

限界の半歩手前にいる鷹千代が恐慌をきたし、光を求めて姉を困らせる。

「しっかりして、鷹千代。光を点せばあの恐ろしい骸魔の忍びの思う壺。貴方も分かっているはずでしょう」

「暗いのはもう嫌じゃ、明かりを点けて」

「そんな、無理を言っては駄目」

「嫌じゃ、嫌じゃ」

一度むずかった幼心は、容易には収まらぬ。真名姫もほとほと困り果てている。

「分かったわ」

暗闇で別の声がした。

同時に、小さな丸い光が浮かぶ。

その淡い光の下に、少女の白い指が仄見える。

螢牙であった。

「これくらいの光なら大丈夫。今はこれで我慢して」

今にも闇に押し潰されそうな、たった一つのか細い光。螢牙の指を離れた螢火は、ふうわりと闇を渡って、鷹千代の鼻先に到達した。

「わあ……」

鷹千代は思わず嘆声を漏らして光を見つめる。

螢火は決して鷹千代に触れることなく、恥じらう如く密やかに浮遊する。繊細にして何処か剽軽《ひょうきん》なその光は、忽ちに鷹千代を癒し、鎮める効果をもたらした。

鷹千代だけではない、真名姫もまた、淡く可憐な光の舞に、心安らぐものを感じずにはいられなかった。

「よかった、気に入って貰えたみたいね」

闇から聞こえる少女の含み笑い。

その朗らかな笑いの声に、真名姫は螢火以上の安堵を覚えていた。また同時に言いようのない戸惑いをも感じていた。忍びの手業に心和ませる己に対し。

「星牙」

「なんだ」

奇岩の合間を縫うように進みながら、零牙が傍らの星牙に話しかける。後ろを歩く鷹千代らには聞こえぬ忍び同士の会話である。

「おまえが来たのは、他にも理由があるのだろう」

「私にそれを訊くということは、自分でも分かっているということだ。違うか」

零牙は黙した。

「確かにおまえは光牙でも一、二を争う使い手だ。如何なる窮地にあろうとも、独力で切り抜けよう。だが……」

「怜門か」

星牙は大きく頷いて、

「おまえからの知らせにあった黒薙怜門。数多くの光牙の仲間を殺した正体不明の忍び。奴が敵の中にいるのなら、話は別だ。光牙として奴を放って置くことは出来ぬ。またおまえ一人に任せておくこともだ」

「要らぬ心配だ」

「果たしてそうかな。己を律する心を失うは忍びにとって命取り。だがおまえは、少なくとも私の知っているおまえは、怜門を前にして平静ではいられまい」

「それがどうした」

如何なるときも余裕を失わぬあの零牙が、明らかに苛立ちを見せていた。

「俺の心がどうあろうと、奴を斃せばそれで済むこと」

「それよ、怜門と聞いただけでおまえの心はそこまで高ぶっている。そんなざまで怜門ほどの相手を斃せるものか。よしんば相討ち同然で斃せたとして、本来の務めはどうなる。おまえの務めは浦路公の遺児を護ることだったはず」

星牙の言葉はあくまで冷静にして容赦がない。

「二人を護衛しつつ、なんとしても黒薙怜門を討つ。それが光牙の総意よ。零牙、おまえの感情はその妨げでしかない」

「奴が最初に殺した業牙《ゴウガ》は、俺の一番の友だった。奴だけは俺が斬る。誰にも邪魔はさせぬ──たとえ星牙、おまえでもな」

「言うだけ無駄か」

「ああ」

星牙は溜め息をついて、

「案じた通りだ。おまえほどの忍びが、業牙のこととなるとこうも我を忘れおる」

「俺はな、星牙、俺は業牙を一日たりとも忘れたことはない。忘れられるものか。奴が語ってくれた『記憶』の数々。奴の本当の人生、本当の日々。それは俺達のいた世界の記憶でもある。この気持ち、光牙者なら同じのはず」

「当然だ。業牙が死んで、『記憶』を持つ光牙者は蛍牙一人となってしまった。我等は絶対に怜門を討ち果たす。これはおまえ一人の問題ではない」

「かも知れん。だが俺は別だ」

「何故だ」

「業牙が誰にも教えなかった『記憶』があるのだ。仲間にも告げず、心の内にしまい込んだ秘密の『記憶』が―」

星牙が驚愕に息を呑む。

「本当か」

「奴はそれを俺に教えてくれた。親友の俺にだけな。その価値が、その信頼が、どれほどのものか」

さすがの星牙も黙り込んだ。数少ない〈本当の世界〉の情報。光牙者は皆それを反芻し、幻影の故郷を偲ぶ。まだ知られていない『記憶』があるのなら、それは光牙にとってこの上なく貴重な宝である。

「業牙は何故その『記憶』を秘したのだ」

動揺を抑え込み、漸く星牙が声を発する。

「それは言う訳にはいかない。言えば業牙の信頼を裏切ることになる」

「そうか……」

「業牙が俺に示してくれた友情に報いるためにも、俺は怜門の仮面を剝ぎ、奴を斃す。そういうことだ」

夜の底が冷気を増した。

星牙は顔を上げて零牙を見る。

「業牙はおまえに優るとも劣らぬ使い手だった。その業牙を斃し、更に幾人もの光牙の手練を容易く破った黒薙伶門に、零牙、おまえは勝てるのか」

「勝つ。勝って見せるさ」

即座に言い切った零牙の口許に浮かぶ笑み。それはいつもの不敵の笑みに見えて、実は異なる、悽愴《せいそう》の気に満ちた笑みであった。そうと見抜いて、星牙は最早言葉を持たなかった。


その日、何度目かの休憩時。

「あの……」おずおずと、伏目がちに、姫が切り出す。「なあに」と螢牙が応じる。「少々お訊きしても？」「なんでもどうぞ」

出たぞ、と鷹千代は内心で笑いながら二人を見る。小休止の都度、繰り返される儀式。

姉上は、本当に螢牙の話が好きなのだ……なのにどうしていつも同じ前置きを繰り返すのだろう……もっと素直に訊けばいいのに……

「弓牙様も『学校』に通っていたのでしょうか」

移動中は無論のこと、休憩時も螢牙は常に二人の傍《かたわ》らにいる。二人の世話役としての任を、実によく果たしていた。

気のない風を装いつつ、真名姫は螢牙に『記憶』の話をしきりとせがんだ。そして螢牙の語る世界を、懸命に想像し、胸弾ませているようだった。話を聞くことだけでなく、螢牙と一緒にいること自体が嬉しくて堪《たま》らぬような。気が付けば螢牙との触れ合いを心待ちにしている己がいる。そんな己にはっと気付いて、反動で黙り込んでしまうことさえしばしばだった。

それほどに螢牙の話は、姫にとって心安らぐものであったのだ。螢牙の笑顔は、何故にか姫の屈託《くったく》を和らげる。

「さあ、分からないわ」

手頃な岩に腰を下ろした螢牙が、首を傾げる。

「あたしの『記憶』には弓牙の顔はない。でも、どうして？」

「もし『学校』で御一緒だったのなら、きっとお親しかったのではないかと」

「どうかな？　弓牙は話しやすいけど、生意気な弟って感じ。零牙なんか、ほんとの弟みたいに思ってるんじゃない？　それくらい可愛がってるもの」

「あの零牙様が？」

零牙と弓牙の顔を思い浮かべて、真名は思わず微笑んだ。

「弓牙の年頃なら確かに『学校』にいてもおかしくないわよね。あたしの『記憶』のかけらから抜け落ちているのか、それとも、どこか別の『学校』に通っていたのか」

姫は驚いたように、

『学校』とは、幾つもあるものなのですか」

「多分、ね。いろんな学校があちこちにあったような気がするわ」

「いろんな学校？」

「そうねえ……女の子だけの学校とか、男の子だけの学校とか、それに……そうだわ、絵を描くための学校とか」

「絵を、ですか……」

感に堪《た》えぬように、しみじみと、

「想像も出来ません、そんな場所があるなんて」

螢牙の語る世界には、幾ら考えても想像のまるで及ばぬ事象が多々含まれる。時にそれは、姫にとって言いようのないもどかしさを伴ってもいた。

「鷹千代は、男の子だけの所がいいな」

ちょこんと横に座って聞いていた鷹千代が口を挟む。

「そうね、君は男の子の学校で剣を習うといいわ」

「なに、そこは剣の修行場なのか」

「ちょっと違うような気がするけど……剣や遠駆けや水練や、とにかくいろんな技を教えてくれるわ」

「よかったわね、鷹千代」

真名が笑った。螢牙と鷹千代も笑った。月影はさやかに三人の笑顔を照らす。

「剣を学ぶのもよいが、鷹千代は螢牙に忍びの技を教えてもらいたいな」

「え、あたしに？」

「うん、鷹千代は光牙衆のような強い忍びになりたい」

「鷹千代！」

真名姫が叫んだ。顔色が変わっている。

「忍びになりたいなどと！　そんなこと、二度と言ってはなりません！」

その剣幕に、鷹千代も螢牙も驚いて黙り込む。

気まずい沈黙。月が雲に隠れるように、楽しい時間は唐突に終わった。

「姉上……？」

おずおずと声を発した鷹千代に、姫は我に返ったように弟を、そして螢牙を見る。

螢牙の顔に浮かぶ悲しげな色。この世界に於いて忍びとは、あくまで蔑まれ、差別される存在でしかない。

「違うんです！」

真名姫は慌てて打ち消した。

「違うんです、そんな意味では……私は決してそんなつもりで……」

「ううん、いいの」

螢牙は笑みを見せて言った。

「私はいいの。だから気にしないで、ね？」

「違います螢牙様、私は……私は……」

そこへ、離れた場所で休んでいた零牙と星牙が声をかけてきた。

「そろそろ出発だ」

「早く来ぬと置いていくぞ」

螢牙が立ち上がって返事をする。

「あっ、今行くわ」

零牙達の方へと駆け出す螢牙と鷹千代。

後に残された真名姫は、夜風の中、悲痛な表情で呟いた。

「違うんです……本当に……」

切り立つ奇岩の合間を巡る、道とさえ呼べぬような細道を、一行は月明かりのみを頼りに一列となって延々と歩き続ける。零牙、螢牙、鷹千代、少し離れてうなだれた真名姫、そしてしんがりに星牙の順。

前を歩いていた螢牙の袖を、鷹千代が後ろからこっそりと引っ張る。

「螢牙」

「なに？」

振り返った螢牙に、心配そうな面持ちを見せて囁く。

「姉上のこと、怒らんでくれるか」

螢牙はいつもの屈託のない笑顔で頷いた。

「ええ、分かっているわ」

ほっとした様子の鷹千代に、

「お姉さん思いなのね」

鷹千代は照れたように俯いた。

「螢牙といるときの姉上は、本当に楽しそうにしておるから……」

「え？」

「城に居る間は、あんな姉上を見たことはなかった。あんなに楽しそうな姉上を見るのは、鷹千代も初めてじゃ」

俯いたまま、鷹千代は嬉しそうにぽつぽつと語った。まるで我がことのように。

螢牙は無言で鷹千代の頭に手を置き、髪をくしゃくしゃと撫で回した。

「わあ、何をする」

「そらそら、どうだ」

「やめろ、やめろよ」

嫌がる鷹千代に構わず、笑いながら髪を掻き回す螢牙であった。

四

月は雲間に隠れて闇と転じた夜の細道。

黒くのしかかる左右の巨岩は、次第にそそり立つ崖と変じ、更に庇状《ひさし》に反り返った形となっていく。それに従い、道はさながら洞窟のような趣を見せ始めた。これまでの夜道の冷気とは違う、湿気のような肌寒さ。雲の多い夜空の覗く頭上の隙間が、高く、細くなるのと反比例して、道の幅が急激に広がっていく。

やがて道は、周囲を岩に囲まれた広々とした空間となった。つまりは、天井に細長い明り取りの隙間のある大空洞。それが遥か先まで続いている。

周囲の岩は、柱状の物質にびっしりと覆われていた。六角錐の形状をしたそれは、夥しい数の水晶であった。

一行は感嘆の声を上げる。

「水晶の谷か」冷静が過ぎて冷血とも見える星牙さえ、荘厳な光景に息を呑む。「なんと美しい」

鷹千代、真名、螢牙は、ひたすら物珍しく心を奪われた様で周囲を見回している。

左右は元より、上下からも突き出した水晶の森を掻き分けながら、一行は足を運ぶ。細かいものもあれば、大きいものもある。大小の水晶が数え切れぬ群落を成す天然の宮殿。

その半ばほどまで進んだとき――

頭上の裂け目から光が差し込む。上空で雲に覆われていた月が顔を出したのだ。蒼白い光は細長い裂け目に従って空洞の手前から奥へと道なりに広がっていく。天よりの光を受けて、周囲の水晶が一斉に輝きを放つ。

燦然たるその光景。なんという夢幻の美。

星牙も、螢牙も、一様に目を見張っている。

ただ一人、何を察したか、零牙が呻いた。

「……抜かった」

その途端、周囲に哄笑が巻き起こった。耳を聾さんばかりの笑いが、水晶の谷に谺《こだま》する。

紛れもない、燦然寺鏡弥の笑いであった。

谷を埋め尽くす水晶の一つ一つに、彼は居た。

水晶は本来無色透明の鉱物であって、万物の姿を映すことはない。だが月明かりで初めて分かった。谷の地層が含む鉱物は水晶だけではなかったのだ。

銀。

如何なる自然の奇跡か、いや、そもそもこのような造山活動があり得るのか。或いは自然の営為の結果ではなく、神に近い人の手の加わったものか。いずれにしても、水晶は岩肌に露出した銀の大鉱脈に接し、融合するように発達していた。

それ即ち——鏡。

水晶と銀とが接している部分が一面に過ぎなくとも、六角柱多面体の内部は鏡弥の技の及ぶ結界と化して、水晶のすべての面が彼の像を結んでいる。

今や一行は、幾千、幾万の鏡弥の大群に包囲されていた。

前にも後ろにも、逃場はない。水晶の側を通ることなく谷を抜けるは既に不可能。

「やられたな……」

零牙は今更ながらに悟った。敵が西に配置した本隊こそ囮《おとり》であった。一行を水晶の谷に追いやるための。

光牙の三人は鷹千代と真名姫をかばって、出来るだけ水晶から身を離す。

五人の正面、空洞の中央に位置する辺りに、一際巨大な水晶柱が天を指してそそり立っている。そこに、ほぼ等身大の鏡弥が映っていた。

「そうよ、うぬらはまんまと嵌まったのよ」

退廃的なその美貌、蝙蝠羽織《こうもりばおり》も艶《あで》やかな金髪の若衆姿だ。

星牙は正面の鏡弥を横目に見ながら、聞こえよがしに零牙に問う。

「この巻毛の小僧が燦然寺鏡弥とかいう奴か」

「そうだ」

「顔の割には性悪のようだな。一つ懲らしめてやるか」

背中の太刀に手を掛けた星牙に、

「やめておけ。おまえの『流れ星』なら確かにこいつの攻撃を受けることはないが、鏡の中を攻撃することも出来ない。奴が鏡の中にいる限り、螢牙の『螢火』でさえ無力」

「むう……」

不承不承に太刀から手を離す。

鏡弥は尊大な口調で、

「だいぶ分かってきたようじゃな、『散華鏡』の恐ろしさが。じゃがもう遅い」

「そうでもないと思うがな」

「月が翳るを待っても無駄じゃ。用意はしてある」

空洞全体に炎が走った。予め無色無臭の油を仕掛けてあったと見える。炎を受けて、水晶がさらに輝きを増す。突如あかあかと点った照明に、天然の宮殿全体が妖しくも荘厳に浮かび上がる。

「万端抜かりなしか」

「その通り。得意の亜空間に呑み込もうにも、蝶と違うて水晶は羽ばたいてはゆかぬぞ」

「ならば、これはどうだ」

零牙が四方へと何かを投げる。炸薬入りの手裏剣であった。

次々と爆発が起こり、周囲の水晶が吹き飛ばされる。水晶に映じた無数の鏡弥もまた粉微塵に砕け散る。

それでも彼の哄笑はやまない。

「水晶を吹き飛ばしてこの場を逃れるつもりか。それが如何なる結果を招くか、その身で思い知れ」

鏡弥の言葉が終わらぬ内に、真名と鷹千代が悲鳴を上げた。

爆破の衝撃で崩壊した頭上の岩盤が一同を直撃する。

零牙は鷹千代を、星牙は真名を抱えてその場から飛び退く。

だが崩落は止まらない。一帯の地盤がこれほど脆弱《ぜいじゃく》なものであったとは。それを見越した上で、敵はここを決戦の場としたのだ。

震動の中、次々と落下してくる岩を避けて零牙達は跳躍を繰り返す。

「きゃっ！」

落石を避けて逃げ回っていた螢牙が悲鳴を上げた。右の二の腕に血が滲んでいる。すぐ側の水晶から――厳密には水晶面の位置する空間から――短剣を手にした鏡弥の半身が覗いていた。

「そこねっ！」

腰の小太刀を摑んだ螢牙に、零牙が叫ぶ。

「抜くな、螢牙！」

螢牙は危うい処で小太刀から手を放し、代わりに鎖分銅を投げつける。命中する寸前で鏡弥は鏡面の中へと引っ込んだ。分銅は見事水晶柱を打ち砕いたが、それは面を増やし、哄笑する鏡弥の像を増やしたに過ぎなかった。

のみならず背後の、そして足許の水晶から鏡弥が連続攻撃を仕掛けてくる。螢牙の忍び装束が裂け、か細い肢体から鮮血が噴き出した。

「こいつ！」

さすがの螢牙も顔色が変わっている。螢牙だけではない、零牙も、星牙も、それぞれ鷹千代と真名を抱えて跳び回ることしか出来ない。そして跳躍した先々で襲い来る鏡弥の剣。落石の破片が鷹千代の頬を掠める。噴き出た血に鷹千代の半顔が赤く染まった。

「痛い、痛いよ！」

堪《こら》え切れず泣き喚く鷹千代を叱咤する零牙。

「我慢しろ、鷹千代は男だろう」

だが鷹千代は泣きやまぬ。当然であろう、大の大人でも耐えられる恐怖ではない。

「嫌じゃ、鷹千代はもう嫌じゃ！」

「弱音を吐くか。鷹千代はそんな弱い子だったか。強い男になりたいのではなかったか」

叱咤とも聞こえる零牙の励まし。その強い口調に諦めの兆しは微塵もない。

「おのれ」

星牙は頭上を見上げ、歯ぎしりする。己一人なら、加速してこの場を脱するは造作もない。

だが加速状態で他人を連れ出すことまでは出来なかった。

落石の震動と轟音に、鏡弥の哄笑が混じる。

「選ぶがよい、岩に埋もれて死ぬか、わしの剣に裂かれて死ぬか」

答えは、谷の入口より返ってきた。

「どちらも嫌だね」

光牙衆が、そして水晶の中にいる無数の鏡弥像が一斉に振り返る。

そこに少年が立っていた。

「弓牙参上」

螢牙の顔が安堵に緩む。

「遅いよ、弓牙。あんたはいつも遅刻なんだから」

「そう言うなよ」

頭を掻く弓牙に、

「この谷はもう保たないわ。さっさとやって頂戴」

「分かってるよ」

鏡弥は依然尊大な自負を失わない。

「これは重畳《ちょうじょう》。せっかく一人難を逃れておったに、自ら死地に来おるとは。手間が省けた」

零牙が皮肉な笑みを浮かべ、

「鏡弥よ、貴様も運がなかったな。確かに俺達には貴様は斃せない。だが、弓牙ならやれる」

「世迷い言か」

「世迷い言かどうか、弓牙よ、見せてやれ。おまえの技を」

「ああ」

弓牙は頷いて腰の矢筒から一本の矢を抜き取り、手にした青磁の弓をきりりと大きく引き絞る。

「馬鹿め、どこを狙うつもりだ」

無数の鏡弥が同時に叫ぶ。

「さあね、どこにしようか」

崩落と炎の逆巻く中、弓を構える少年の姿は毅然として揺るがない。

つがえた矢を、正面の屹立する水晶に向けて、

「まあ、こいつでいいか」

軽い口調とは裏腹に、凜々しい横顔に浮かぶ渾身の気合。

忍び装束の光牙者と、若衆姿の骸魔衆。次元を異にして対峙する二人の少年。

『次元弓』対『散華鏡』。人智を超えた機忍法が激突する。

鏡の中の鏡弥は幾万。一人を斃し得たとしても、鏡の中には無限に近い数の鏡弥が残っている――

力強く引き絞った矢を、弓牙は遂に放った。

水晶の林の合間を一直線に飛んだ矢は、その軌道上でフッと消えた。

「――これはっ」

水晶の中で鏡弥が目を凝らす。

次の瞬間、その胸に深々と矢が突き立っていた。

すべての水晶の中、すべての鏡弥の胸に。

「ま、まさか……」

信じられぬといった目で己の胸を見つめる鏡弥に、

「機忍法『次元弓』。如何なる場所、如何なる次元にいようとも、僕の弓は次元を超えて敵を射る」

唇から一筋の血を流し、燦然寺鏡弥は絶命した――水晶の中で。

「危なかったね、零牙」

弓牙は一転して少年らしい笑顔を見せる。

「『次元弓』、ますます磨きがかかったようだな」

「まあね」

「この俺の『亜空陣』も、あの技の前では無力に等しい。俺を斃せるとすれば、それは弓牙、おまえの『次元弓』だけだ」

「嬉しいね、あんたにそう言って貰えると」

「なに、その得意げな顔。ちょっと褒められるとすぐこれなんだから」

雑《ま》ぜ返す螢牙に、弓牙は口を尖らせる。

「なんだよ、助けられたくせに」

「だってそうじゃない」

「ぐずぐずするな、急げ」

星牙の一喝に、一同は顔を上げる。

岩壁に亀裂が走り、崩落の勢いが増していた。

零牙はすかさず鷹千代を抱え上げる。そして星牙は真名姫を。

全員が無言で走り出す。

崩壊した岩盤は、自然美の極致とも言える水晶群を悉く押し潰し、土砂の奔流で埋め尽くした。

水晶の中に横たわる夥しい死骸の映像と共に。

化忍幻戯

一

零牙は夢を見ていた。

そして己を見ていた。

夢の中で、夢を見ている己を見ていた。

払暁の淡いまどろみ。断熱に優れた薄い皮の毛布を敷き、仲睦まじく肩を寄せ合って眠る真名と鷹千代。二人の側で寝息を立てている蛍牙。弓牙は弓を抱えて地に座した恰好で、そして己は肘を枕に眠っている。見張りに立った星牙の姿だけはない。

昏々と眠っているようで、光牙衆の眠りは忍びの眠りである。接近する者の気配があれば、それが如何に微かであろうとたちどころに覚醒する。

なのに――

「零牙……光牙の零牙よ……」

眠ったままの零牙に向かって、何処からともなく呼びかける声。

それは本当に声なのか。声の主がいるのなら、零牙が目覚めぬはずはない。螢牙も弓牙も、忽ちに飛び起きよう。

「聞こえるか、零牙」

やはり誰も動かない。声を聞いている零牙本人さえも。

「前に言ったな、挨拶は改めてすると」

声だけではなかった。実体が在った。薄闇の中に浮かび上がる銀の仮面。

(黒薙怜門……)

眠ったまま、零牙が呻く──夢の中で。

「この通り、挨拶に来たぞ」

(律義な奴、と言いたい処だが、挨拶とは到底言えまい。ここは俺の夢の中だ)

「現実空間でと言った覚えはない。場所の指定まではしておらぬ。まずはおまえの脳内で挨拶させて貰う」

仮面が嗤った。

「機忍法『幻夢《げんむ》信《しん》』。対象の覚醒直前にしか使えぬ難儀な技よ。おまえの脳波と同調するのには苦労した」

幻夢の通信。文字通り、零牙は夢の中で会話していた。

仮面の怪忍者は今や零牙の傍らに佇み、

「ここは幻夢の境であって、幽明の境ではない。だがおまえ達は、間もなくこの世とあの世の際《きわ》に立つだろう。骸魔の術によって奈落の底へと突き落とされるのだ。この術者は手強いぞ。俺でさえ敵わぬほどにな。おまえ達にはまず逃れ得ぬ」

(面白い。通告か)

「違う」

(ではなんだ)

「憐れみだ」

(ふざけるな)

明らかな虚言。或いは韜晦《とうかい》。

「零牙よ、おまえも闇に生きる忍びなら、よいか、仮初《かりそめ》の闇に踊るまいぞ」

(なんのことだ)

「挨拶には手土産もあったがよかろう、そう考えたまで」

(土産？)

「忘れるな……闇を見るな、奈落へ落ちるな……仮初の闇に踊るまいぞ……」

仮面と声は次第に遠去かり、やがて蒼い夜明けの光に消えた。

同時に零牙が目を開く。

眼前に立つ何者かの脚。すらりと長く、力強い。

「どうした？」

星牙であった。訝《いぶか》しげに零牙を見下ろしている。

「今、客が帰った」

「客だと？」

「ああ、極めつけの珍客だ」

そう言いながら身を起こす零牙に、

「何を寝惚けている」

「寝惚けてなどいない」

「客がこんな所まで来るか。わざわざ来るのは追手だけだ」

零牙は真面目に頷いて、

「確かに、追手だ」

「馬鹿な、いたら私が見逃さぬ」

「それがいたんだ」

「誰が」

「驚くな、怜門だ」

「怜門？　黒薙怜門か」

「ああ」

星牙は馬鹿馬鹿しいといった顔で舌打ちする。

「益体《やくたい》もない、夢の話か」

「そう、夢だ」

「寝ても覚めても怜門か。奴のことばかり思い詰めているからそんな夢を見るのだ」

「その通りだが、そうでもない」

零牙の顔色に、星牙はただならぬものを感得したのか、

「どういうことだ」

「寝覚めの前の夢に現われ通信する……機忍法『幻夢信』とか言っていたな」

「『幻夢信』だと？　聞いたこともない。そんな技があるというのか」

「ああ、どうやら奴は想像以上の術者らしい」

「それで、わざわざおまえの夢にまで、奴は何を言いに来たのだ」

「〈仮初の闇に踊るまいぞ〉」

「なんだ、それは」

呆れたように訊き返してくる。

「〈闇を見るな、奈落に落ちるな、仮初の闇に踊るまいぞ〉。奴が言い残した言葉だ」

「ただの戯《ざ》れ歌ではないのか」

「分からぬ。どうやら何かの警告らしいが……分からぬ」

「骸魔六機忍の一人が何故おまえに警告するのだ。しかもそんな術まで使って」

「考えられるは、第一に攪乱」

星牙もそれには同意して、

「忍びの策ならばまずそんな処か」

「だが奴はただの忍びではない。何かある、何か意味が。それがなんなのか、どうしても分からぬ」

もどかしげに零牙が呟く。薄れゆく夜明けの夢を紡ぎ合わそうとして果たせぬかのように。

「〈仮初の闇〉か……」

半信半疑といった星牙も、改めて不気味そうに周囲を見回す。

「こんな場所で、縁起でもない謎かけをしてくれたもの」

積み重なった人骨の山。見渡す限りの髑髏《どくろ》の原。

そこは太古の古戦場であった。

口調に反し、星牙は不敵に笑っている。

零牙もにやりと頷いて、

「まさに夢見が悪かった」

二

昏《くら》い朝は忽ちに過ぎてやはり昏い午《ひる》の刻。

往けども往けども人骨の山は尽きることがない。戦いがあってからどれほどの時が流れたのか、風と砂とに晒された骨はいずれも化石の如く、赤茶けた周囲の岩や土と一体となって慄然たる景観を成している。骨の合間に蓬々《ほうほう》と伸びた草も、かえって無常の感をいや増していた。

休む時も眠る時も、夥しい髑髏に囲まれたまま。鷹千代はすっかり怯え切って、極力周囲を見ないようにして歩いている。叢の虫の声さえも、骨が軋む音のように思われて風流とは程遠い。

一体何柱の英霊がここに眠っているのだろうか。往時はこの地に戦士達の雄叫びが谺して、意地と野心が激しく火花を散らしたことであろう。すべては虚しく地に朽ちて、時の狭間に置き捨てられた。蛮勇を誇った戦士達も、今は敵味方の隔てなく、同じ墓場に骸《むくろ》を晒《さら》す。

「どうした、怖いか」

弓牙がからかうように声をかけてきた。からかうようだが温もりのある少年の声だ。

「怖くなどない」

精一杯の虚勢で鷹千代が応じる。

「そうか、偉いな」

弓牙は素直に微笑んで、

「ここを過ぎれば古《いにしえ》の廃都がある。その先には天球樹の森。それを抜ければ、目指す北の山脈だ」

古の廃都。天球樹の森。どんな所か知らないが、まだまだ先は長そうだ。鷹千代はうんざりと下を向く。丁度そのとき、足許の髑髏から這い出た虫のひと鳴きに、わっと声を上げて弓牙に飛びつく。

「あれ、怖くないんじゃなかったのかい」

「怖くはない、驚いただけじゃ」

「へえ、そうは見えなかったけどな」

「弓牙は意地悪だ」

膨れて見せる鷹千代に、弓牙はにこりと笑ってみせる。

「ごめんごめん」

「……ねえ弓牙」

鷹千代は思い出したように彼に尋ねる。

「なんだい」

「どうすれば勇気が出るのじゃ？」

「勇気？」

「そうじゃ、弓牙は勇気がある。水晶の谷で、弓牙はちっとも怯まなんだ。あんな恐ろしい敵を相手に、堂々と矢を放って皆を助けた。凄い勇気じゃ」

「光栄だね」

「弓牙だけではない、螢牙も星牙も、光牙の衆は皆勇気がある。鷹千代も勇気を身につけたい」

「そうか、君は勇気が欲しいのか」

「うん。勇敢になって、姉上を守りたい。頼む弓牙、教えてくれ」

せがむ鷹千代に、弓牙は困惑したように頭を掻いた。

「それはとても簡単なんだ。でも同時に簡単じゃない」

「なぞなぞか？」

「そうじゃない、誰でも勇気を手にすることは出来る、でも、出来るかどうかはそのときになるまで分からない」

「そのときって？」

「勇気を出せるかどうか、試されるときが誰にでもあるのさ」

「鷹千代にもか？」

「ああ」

「いつじゃ、いつなのじゃ？」

「それは分からない。でも、きっと来る。そのときになって初めて、人は自分に勇気があるかどうか分かるんだ」

鷹千代は急に心配そうな顔をして、

「どうしよう、鷹千代はきっと出来ぬ」

「自信がないか」

「うん」

気弱に俯いた鷹千代の肩を、弓牙が力強く叩く。

「心配するな、一度は駄目でも、少しずつ強くなっていけばいいのさ」

「でも……」

「よし、僕が君の手助けをしよう。いつも君の側にいて、勇気の秘訣を教えてやろう」

鷹千代の顔がぱっと輝く。

「本当か」

「ああ、本当さ」

「ありがとう弓牙！」

大声を出した自分の口を慌てて塞ぎ、

「弓牙、弓牙……」

声を潜めて相手を手招く。

「なんだい」

腰を屈めた弓牙の耳許にそっと囁く、

「姉上には内緒じゃぞ。知らぬ間に強うなって姉上を驚かせるのじゃ」

無邪気な秘密の約束に、弓牙は思わず微笑んだ。

「心得た」


髑髏の原に漂う霧。いつの間に湧き出たのか、濃密な霧が古戦場の跡を覆っていた。目の前を歩いている者の背中さえ、ともすれば見失ってしまいそうな。

「螢牙、姫の側から離れるな。弓牙は鷹千代だ」

先頭に立った零牙が振り返って仲間に指示する。

螢牙は頷いて姫の手を取り、鷹千代は自ら弓牙の側に走り寄る。

「僕の側を離れるんじゃないぞ」

「うんっ」

嬉しそうに弓牙を見上げ、鷹千代は大きく頷いた。

一列になって霧の古戦場を往く一行。

先を急ぐ零牙の内心は、星牙には手に取るように分かる。

仮初の闇に踊るまいぞ――

仮面の忍びの謎の文言。零牙ならずとも気にかかる。

なんの狙いあっての行動か。考えは堂々巡って徒に混迷するばかり。既に敵の術中に嵌まったような気さえする。してみるとやはり狙いは攪乱か。

(いかん)

星牙は無言で頭を振る。零牙のみならず己まで怜門の影に惑わされては、まさにこれ敵の術中。

(仮面の策に踊るまいぞ)

前を往く零牙の背中を見つめ、星牙は呟く。口には出さぬその言葉は、謀らずも黒薙怜門が夢で残したというものに似ていた。

星牙、零牙の心の内など知る由もなく、真名姫は乱れる思いを抱えながら足を運んでいた。

「窪みがあるわ、足許に気をつけて」

すぐ後ろについた螢牙は何かと気を配ってくれる。その思いやりと真心が無性に嬉しくて、同時に堪《たま》らなく腹立たしい。

確かに螢牙の話、記憶の世界には心惹かれる。それを語る螢牙自身の人懐こさにも。

しかし——忍びだ。

螢牙は他ならぬ忍びなのだ。構えて心を許すまじ、それは真名自身が拠って立つさだめのはず。

螢火の放つ淡彩の安らぎに、決して心惹かれてはならぬ——

「大丈夫？　手を貸そうか」

「いえ……」

螢牙の申し出を断って、真名は前方を歩く弟を見る。弓牙と並んで、鷹千代は何やら楽しそうだ。その無邪気さが、姫には羨ましくさえある。

ただ、深さを増す霧に鷹千代の姿も隠れがちなのが少しく気にはかかった。

「嫌な霧」

その不安を察したかのような螢牙の声に、真名は図らずも動揺する。

「本当に」

精一杯に平静を装った。

「これじゃ自分の足許だって見えないくらい。ただでさえ気味の悪い道なのに」

姫の動揺を知ってか知らずか、螢牙が呟く。

「それにあの虫の声……あれもなんだか嫌な感じね」

弓牙の後について歩いていた鷹千代が、ふと立ち止まる。

霧の中から声がした。誰かが呼んでいるような心地がした。

こんな所で、一体誰が。

辺りを見回しても、じっとりと湿った霧がただ重く漂い流れるばかり。

前を行く弓牙に告げようかとも思ったが、なんとなく躊躇われた。

もし正体が枯れ尾花であったら、勇気どころではない大恥だ。

はっきり確かめてからと考え、耳を澄ましてみたが、何も聞こえてはこなかった。

空耳か。

弓牙に言わなくてよかった……再び歩き出そうとしたとき、鷹千代は見た。見たように思った。

霧の合間に、赤い影。

目を擦ってもう一度見ると、そこには白い霧しかない。

空耳の次は目の迷いか。

これはどうしたことだろう。己の勇気のなさが、自ずと恐怖を煽《あお》っているのだろうか。

いやいや、そんなことがあるものか――

必死に霧を透かし見る。

霧の合間に、赤い毬《まり》をつく幼子《おさなご》の姿が。

「あっ……」

ほんの一瞬であった。女の子、と思ったときには、もう見えなくなっていた。

目の迷いか、いや違う。霧の中で遠く聞こえる手毬唄。

　現《うつつ》かな　虚《うつろ》かな
　黄泉路《よみじ》は白い霧ばかり

なんだろう、あの歌は。

立ち尽くす鷹千代の耳に届く童女の歌声。

か細く、あどけなく、霧に乗って渦巻く歌は、

現かな　虚かな
黄泉路は白い霧ばかり
いえいえ霧ではありませぬ
黄泉女神《よもつめがみ》の下された
常世《とこよ》の白い道しるべ
御霊《みたま》の波の道しるべ

その歌は、時に近く、時に遠くに聞こえ、また時に珍しく、時に懐かしい調べを含んでいた。

じっと聞いていると、なんとも言えない不思議な心地がする。耳の奥、頭の隅、そして体の全部が遠い夢の彼方へと押しやられるよう。

やがて周囲のすべての光景が、霧と共に渦を巻いて歪み、白い奔流となって溶け崩れていった。

立ち尽くす鷹千代の目の前に——

霧の中から不意に毬が飛び出してきた。

ぽん、ぽん、ぽん……

ゆっくりと跳ねながら鷹千代の前を横切った赤い毬は、再び霧に消えて見えなくなった。

我知らず、鷹千代は毬を追って駆け出していた。


「……鷹千代？」

弓牙が振り向いたとき、鷹千代の姿は既になかった。

「鷹千代！　鷹千代！」

大声で呼びかけるが、霧の中に返事はない。

「どうした」

零牙、星牙らが集まって来る。

「鷹千代がいなくなった」

「なんだと」

光牙衆は反射的に周囲を見回すが、これほどの濃い霧は忍びの眼を以てしても見通せぬ。

「鷹千代、どこにいるの鷹千代！」

霧の奥へ駆け出そうとする真名姫を、蛍牙が後ろから抱き留める。

「駄目、いけない」

「お放し下さい、弟が！」

「駄目よ、動いちゃ」

「ああ……」

血の気を失って今にも崩れ落ちそうな姫を支えながら、

「ちょっと弓牙、あんたがついていながらどういうこと」

憤然となって責める蛍牙に、弓牙は狼狽し、首を捻る。

「たった今まで僕の後ろを歩いていたのに……それが、振り返ったら消えていた」

「消えてたって、あんたが目を離したせいじゃない」

「それはそうなんだけれど」

「やむを得ぬ、手分けして捜そう」

即座に指示を下す零牙に、星牙が異を唱える。

「待て、これは明らかに敵が仕掛けてきたもの。そうでなければ弓牙の目を欺くことなど出来はせぬ」

「分かっている。だが今なら間に合う」

「しかし」

「今は鷹千代を救うが先決だ。どんな術を使ったのか知らぬが、まだそう遠くへは行けぬはず」

星牙も考え込んで、

「敵も忍びならこちらも忍び、追いつけるが道理か」

「螢牙は姫を守ってこの場を動くな」

「ええ、任せて」

次の瞬間、零牙、星牙、弓牙の姿はそれぞれ三方へと消えていた。

三

現かな　虚かな
黄泉路は白い霧ばかり

毬を追って霧を彷徨う。立ち止まっては耳を澄ます。虫の音に混じって、やはり聞こえる、あの手毬唄。しかし毬をつく童女の姿は、霧に紛れて定かに見えぬ。ここかと思えばあそこより、近くと思えば遠くより、歌は響いて鷹千代の耳を翻弄する。あどけないと思えたその声が、今は何故か不吉に感じられる。よく聞くと、歌詞も何やら禍々しい。

黄泉女神の下された
常世の白い道しるべ
御霊の波の道しるべ

急に怖くなってきた。背後を振り返ると、来た道も方角も、まるで分からなくなっていた。

「零牙！　姉上！」

大声で叫ぶ。

「弓牙！　螢牙！」

恐ろしくて涙が溢れた。後悔もある。弓牙にあれだけ側を離れるなと言われていたのに、うかと離れてしまった。どういう訳か、歌を聞いている内に、気が付いたら足が動いていた。

今更悔やんでも悔やみ切れない。

「零牙！　弓牙！　姉上！　皆何処じゃ、何処にいるのじゃ！」

泣きながら叫ぶが、霧に阻まれ誰にも届く気がしない。そう思うと尚更に恐ろしく、心細くなる。

果たして皆の元へ帰れるだろうか。それともこのままされこうべに囲まれて、彼等と同じく骨と土と成り果てるのか。もう皆には会えぬのか。

「星牙！　弓牙！」

皆の名を呼ばわりながら、古戦場を当てもなく走り回る。返事はない。木の根に足を取られて泥の中へ転ぶ。根ではなく骨だったかも知れない。

泥に突っ伏したまま泣いた。不安と恐怖で息が詰まった。

――鷹千代！

彼方より、聞き覚えた声がした。

反射的に身を起こす。

――鷹千代！　何処だ、鷹千代！

間違いない、あの声は。

「ここじゃ、鷹千代はここじゃ！」

立ち上がって夢中で叫ぶ。

足音がぐんぐんこちらへと近寄ってきて、

「ここにいたのか」

霧を割って現われたのは、弓牙であった。

「弓牙！」

泣き顔のまま駆け寄って弓牙に飛びつく。安堵の余り新たな涙が溢れてくる。

「弓牙、弓牙……」

「心配するな、もう大丈夫だ」

少年は笑顔で泥だらけの若君を抱き締める。

「無事でよかった。でも一体どうしてこんな所まで」

「毬が……女の子が毬をついてた……真っ赤な毬……歌が聞こえて……」

しゃくり上げながら切れ切れに語る鷹千代の話に、弓牙は訝しげに訊き返した。

「女の子だって？　それは何かの見間違いじゃ……」

言いかけてはっと顔を上げる。一転して鋭い忍びの目。霧の彼方の何かを見据えるその緊迫した眼差しに、

「どうしたのじゃ」鷹千代も弓牙の視線の先を見渡すが、「何も見えぬぞ」

「僕の側を離れるんじゃないぞ」

弓牙は背にした弓を取り、矢をつがえて霧に向ける。その矢の先が、あちらこちらと逡巡している様からすると、弓牙も狙いを特定出来ずにいるらしい。

「何が……何が居るのじゃ？」

「分からない……でも……」

言い淀む弓牙の顔色からも、ただならぬ事態であるらしいことが察せられる。

「鷹千代のせいか？　鷹千代が一人で離れたからか？」

怯え震える鷹千代を背後にかばい、弓牙はつがえた矢の鏃を周囲に巡らす。

四方より伝わり来る尋常ならざる波動と感触。

殺気。否、殺気ではない。強いて言うなら——妖気。

弓矢を構えた弓牙が、驚いたように耳を澄ます。

「なんだ？」

現かな　虚かな
黄泉路は白い霧ばかり

弓牙は絶句する。紛れもなく手毬唄。

そして、霧のまにまに妖しく嗤う幼女の影——

骸の山の上に着地した二つの影。零牙と星牙である。

それぞれ反対方向から現われた二人は、互いに顔を見合わせて、

「いたか」

「いや、気配すらない」

「信じられん、俺達に気配すら感じさせず子供一人連れ去るとは」

「まるで神隠しだな」

「骸魔には神の技を使う者でもいるというのか」

霧の中より不意に声。

（その通り）

二人は弾かれたように跳びすさって身構える。

なんたること、光牙の精鋭とも自負する自分達が、敵の接近にまったく気付かなかったとは。

「何者だ」

零牙の誰何《すいか》に、霧が応える。

（骸魔衆頭領、骸魔死皇丸）

「骸魔の頭領だと」

　零牙と星牙の面上に衝撃が走る。

　無限王朝麾下《きか》の殺戮集団、骸魔忍群。影に潜むを以て本領とする忍びの頭領が、その姿を現わしたのだ。尤も、影ならぬ霧に潜んでその形は茫として定かでない。

（骸魔機忍法こそまこと神の技。うぬが言うてくれた通りよ）

「撤回する。冗談だ」

　零牙の諧謔《かいぎゃく》に声が笑う。

（伝説の忍び、光牙の零牙とはうぬか。一度会うてみたいと出向いて参った）

「鷹千代を連れ去ったのは貴様か」

（わしではない、我が臣下、六機忍の一人よ。うぬと語らうに、無粋な邪魔は極力遠ざけておきたかったのでな）

「その心配は当たったな」と星牙が背中の太刀に手を伸ばし、「骸魔衆頭領の首、ここで貰うぞ。無粋な女の剣、とくと味わってみるがいい」

　言うや否や、星牙の姿が消えた。

　加速してあらゆる敵を逃さずこれを斬る、機忍法『流れ星』。

　だが――

　手に抜き身を下げたまま、星牙が通常空間に姿を現わす。

　必殺の流れ星は、虚しく霧を抜けただけであった。

「霧に投影した空蟬《うつせみ》か」

　星牙は忌々《いまいま》しげに舌打ちする。

　零牙も背にした陽炎の柄に右手を掛けて、

「死皇丸と言ったな、空蟬とはいえ頭領自らの出陣、痛み入る。が、よもや俺達がただで帰すとは思っていまいな」

（思うと言ったら？）

「後悔させてやるさ、あの世でな」

（まあ待て。申した通り、わしはうぬに会いとうて参ったまで。謂わば気晴らし。うぬら光牙の相手など、臣下の者で充分じゃ）

「言うじゃないか。それで、俺に会った感想は」

　心気を凝らして敵の真の居場所を探りながら、零牙は飄々《ひょうひょう》とした口調を変えぬ。

（そう急くな。怜門の申しておった通り、なかなか面白い男のようじゃが、これからゆっくり試してやろう）

「試す？　何を」

　霧の中の影が嗤うように揺らめいた。

（光牙の実力）

（そこな女忍者も併せて、うぬらが器量、まとめて計ってくれようぞ）

「何を高言！」

星牙が再び『流れ星』の体勢に入ろうとした刹那。

急に日が翳《かげ》ったように、周囲から光が消えていった。

光牙の二人は同時に頭上を仰ぎ見る。

霧の合間に覗いていた太陽が、端から黒く変じつつある。

「日蝕か」

急激に光が遮られていく。通常の日蝕より遥かに早い。

「零牙、これは奴の技なのか」

「馬鹿な、如何に骸魔の頭領と雖も、天体の運行まで操れるものか。奴はこの時を見計らって現われたのだ」

刻々と侵蝕されていく太陽。その光が、細く弱々しくなるに連れ、髑髏の原に暗黒が広がる。

微かに残った天の光が、大いなる闇に飲まれて消えるその寸前。

零牙の脳裏に黒薙怜門の残した文言が閃いた。

――闇を見るな、奈落へ落ちるな、仮初の闇に踊るまいぞ。

「いかん！」

零牙が叫んだ。

「目を逸らせっ」

遅かった。二人は最後の光が完全に闇に消える瞬間を確かに見た。

まさにその瞬間、零牙と星牙は敵の術に嵌まった。

天も地も消え果てて、周囲に在るは真の闇。

〈仮初の闇〉とは日蝕のことだった。怜門の文言は正しくこれを警告していたのだ。

「抜かったな。揃いも揃って我等は少々鈍過ぎた」

星牙が自嘲の笑い。零牙も同じく苦々しげに、

「ああ、せっかくの怜門の手土産を無駄にしてしまったようだな」

突如、周囲の景観が変わった。

そこは髑髏の原でなく、天然の奇岩に囲まれた荒涼たる原野であった。

「ここは……」

眼前に広がる光景に、零牙と星牙はただ呆然と立ち尽くす。

「もしや――」

零牙の顔色が変わった。その場所に心当たりがあるのか、彼の面上をさっと不安の影が掃く。それは星牙も同様だった。

ここは、この場所は――

凝然と目を見開いて二人は眼前の光景に見入る。今はもう跡形もなく消えたはずの光景に。

誰か、いる。

渺々《びょうびょう》たる野に一人の男が立っている。

黒のボディスーツにロングブーツ。白銀の手甲に橡《つるばみ》色の忍風布。紛れもなく光牙の忍び

装束。縮れた髪、浅黒く焼けた肌。猛々しい眉は古今無双の気を放ち、炯々《けいけい》たる眼光は猛禽の類を思わせる。雄々しくも精悍なその顔は――

「業牙！」

零牙は思わず叫んでいた。その声は無論届かぬ。

業牙の他にもう一人、仮面の忍者黒薙怜門。両雄静かに対峙している。

奥義を極めた忍び同士の戦い、その直前の静寂は、音を滅して気をも呑み込む。

そうだ、ここで業牙は怜門と戦い、地形を変えてしまうほどの激闘の末に果てたのだ。

「業牙！　止めろ、戦うな！」

「無駄だ、あれは幻に過ぎぬ」

星牙が零牙の肩を摑んで制止する。

それはまさに幻であった。業牙対怜門。その場を見た者など誰もいない、だがその悲惨な結果を誰もが知る、過去の死闘の完璧な再現であった。

幻影を止める術など元よりあろうはずもなく、零牙は否応なく見守るしかない。

悪を許さぬ業牙の決然たる顔よ。冷ややかに笑う銀の仮面の禍々しさよ。

伯仲する両者は同時に動いた。

飛翔する業牙。翻《ひるがえ》る怜門のケープ。二人の動きに応じて、凄まじい対流が生じる。怜門の発する衝撃波で、地表に亀裂が走り、岩盤が崩壊する。迸った閃光が怜門を追って大地を穿つ。大気は熱波の渦を巻き、砂塵を中空へと舞い上げる。放出された爆薬が連鎖的に反応する。

すべてを滅する熱量《エネルギー》の塊と化した二人の忍びが、生死を懸けて激突する。

それが幻影であると分かっていても、零牙は我知らず声を限りと叫んでいた。

「業牙！」

時同じくして——

螢牙と真名姫もまた、日蝕を目の当たりにしていた。急に翳った光に、本能的に天を見上げてしまったのだ。

光が闇に消える最後の瞬間、二人は敵の術中へ——奈落へ落ちた。

「骸魔の幻術だわ」

闇の中、螢牙は震える姫を気丈に励ます。

「大丈夫、心配しないで、あたしがついてる」

唐突に闇が開けた。

眩い光が二人を照らす。強烈な眩しさに一瞬顔を背ける。

光の中に佇立する建造物。石に似た灰色の建材で造られた四角い建物。すべての階に同じ大きさの四角い窓が整然と並んでいる。

その外観を仰ぎ見て、螢牙が驚愕に凍り付く。

「学校……」

「学校？　これが、あの……？」

幻影の建物を見つめたまま、螢牙が頷く。

「ええ……そうよ、間違いない……あたしの『記憶』そのままだわ……」

懐かしげに呟く螢牙。真名姫もまた、螢牙の話にのみ聞いていた異世界の学び舎《や》を感嘆の思いで眺めている。

これが……これが、学校……？

校舎の中から、四つの人影が走り出て来た。その姿形に、真名姫は愕然として息を呑んだ。

螢牙の記憶の『証拠』。その写真の中で、螢牙と共に笑っていた四人の少女達だった。いずれも写真と同じ、濃紺の制服姿。親しげに手を振って、螢牙の方へと駆け寄ってくる。まるでつい今し方、別れた友を追ってくるように。

姫は思わず螢牙を振り向く。

「あたしは」

螢牙は言いようのない色を浮かべていた、

「あたしは、会えた……あの子達と……」

友と覚しき人々と邂逅する歓喜、そして――

「あたしは、知らない……あの子達の名前を、一人だって」

友の記憶を持たぬ悲哀。それらが複雑に混じり合って、手を振り返すことさえ叶いはしない。

無防備に立ち尽くす螢牙を、四人の少女は親愛の笑みで以て取り囲む。その手には、切っ先鋭い短刀が光っていた。

四

その少し前。即ち日蝕の始まる直前のこと。

鷹千代を守る弓牙は、青磁の矢をつがえたまま、古戦場で身動き出来なくなっていた。

霧に紛れて、何かがいる。何かが霧を移動している。

気配さえ摑めれば、何処に何人潜んでいようと『次元弓』で貫ける。だがその気配がまるでない。

果たして幻だったのか、霧の海に垣間見えた幼女の影はもう見えない。あの不気味な歌も聞こえない。周囲にはただ虫の声があるばかり。

「今の内じゃ、弓牙、早う皆の元へ戻ろう」

「駄目だ、動いちゃいけない」

「何故じゃ、鷹千代には何も見えぬぞ」

駄々を捏《こ》ねる鷹千代に、

「虫の声だ」

「虫の声？」

散らばる骸の合間に蓬々と伸びた叢で鳴いている虫達。侘しくも途切れることのなかったその鳴声が、端から順に消えていく。ために弓牙は察知した。霧の中に忍ぶ霧ならぬ気体。拡散した気体というより、形を成す気塊か。それは白く細長く伸びて、二人を包囲するように展開している。虫の声は、まさにその気塊の動く通りに消えているのだ。気塊が通過した後に、生命の反応は絶えてない。

周囲は今や全き静寂。

「虫などどうでもよい、鷹千代は皆の所へ行くっ」

恐怖に取り乱す若君に、弓を構えた少年が静かな口調で言い聞かす。

「君は勇気を持ちたかったんだろう？　思い出せ、僕が言ったことを。僕はいつか勇気が試されるときが来ると言った。そうだ、今がそのときなんだ」

「そんな、何を言うておる、早う逃げねば」

「怖いのか。僕だって怖いさ。でも今は動いちゃ駄目だ。いいかい、よく聞くんだ。恐怖から目を逸らさず堪《こら》えるのもまた勇気。試されてるんだ、君の勇気が」

「早う、弓牙、早うっ」

「堪《こら》えろ、鷹千代」

「駄目じゃ、弓牙っ」

「鷹千代！」

限界であった。鷹千代は堪《こら》え切れず、泣きながら夢中で駆け出した。その行手は霧に隠れた白い気塊によって塞がれている。

振り返った弓牙は、つがえた矢を鷹千代に向けた。そして何を考えたか、走り去る幼い後ろ姿目掛けてひょうと放った。

高速で放たれた青磁の矢は中空に消え——反対方向の正面から鷹千代の足許に突き立った。

「わっ！」

地に刺さった矢に躓《つまず》き、鷹千代が転んで止まる。

己のその無様さに、我に返る。一挙に込み上げてきた恥ずかしさが、痛さに勝った。

倒れたまま、鷹千代はしゃくり上げた。

「やっぱり……やっぱり鷹千代は……勇気を、勇気を持てなんだ……」

弓牙は鷹千代の元に一跳びに跳んで、

「言ったろう、一度は駄目でも、少しずつ強くなればいいと」

「でも鷹千代は……きっと駄目だ……」

弓を持つ少年は厳しく言った、

「駄目じゃない。さあ、立つんだ。今度こそ動いちゃいけない。何かは分からないが、霧に紛れた敵の手が僕達を取り巻いている。見えない手だ。もう一歩も動く余裕はない」

鷹千代を抱き起こす弓牙の顔は、極度の緊張に強張っていた。水晶の谷で合流してより二十日余り、今日まで一緒に旅をしてきながら、初めて見る少年の表情であった。鷹千代は驚いた。そして知った。無双の弓を使う弓牙もまた、常に内なる恐怖と戦っているのだと。

そして彼の言う通り、状況はのっぴきならないものとなったのだろう。骸魔の見えざる手は、逃れる術のない死の罠に違いない。

己の弱さ迂闊さが、少年を一気に窮地へと追いやった。嘗て忠臣戎左を死に至らしめた如く。

「鷹千代のせいじゃ、鷹千代が勇気を持てなんだからじゃ」

最早寸前まで迫りつつあるという目に見えぬ危機。

その恐ろしさは無論のこと、自責の念、そして悔しさ、恥ずかしさに、鷹千代は堪《たま》らず再び泣き出した。

「鷹千代のせいじゃ、鷹千代の……」

泣きじゃくる幼君を背後にかばいながら、弓牙ははっと上空を見上げた。

急速に光が失せていく。

「日蝕か」

五

真名は咄嗟に螢牙を突き飛ばしていた。

「螢牙様っ」

無邪気に笑う少女の手にした短刀は、飛び込んで来た真名の背中を裂いた。鮮血が迸る。

悲鳴を上げてのけ反った真名を、我に返った螢牙が抱き留めた。

「しっかりしてっ」

「螢牙様……」

「ごめん、あたしがついてるなんて言いながら」

「今は、今はそれより……」

「ここで待ってて」

真名姫をそっと横たえ、周囲を見回す。

四人の少女は、笑顔のまま短刀を構えて螢牙を包囲している。何度も見た顔。夢にさえ。名も素姓も知らぬ四人。それでもこの者達が、自分にとってこの上なく大事な人であることを本能が知っている。その四人が、写真のままの笑顔で襲い来る。

恐るべき骸魔の幻術。人の心で人を殺す。

仰臥した姫は、顔を上げて螢牙を見る。

ああ、螢牙様……貴女は、よもや御自分の心を……

「知っているなら教えて頂戴」

螢牙は四人に向かって問いかける。沁み入るような静かな声で。

「貴女達は誰？　そして……あたしは誰？」

四人は何も答えない。ただ親しげに笑っている。永遠に変化することのない人形《ひとがた》の笑顔。

四人の少女が同時に跳んだ。

「……いいわ」

腰の小太刀を抜いて、螢牙もまた跳躍する。

「あたしは、あたしの心を斬る」

荒れ狂う磁気嵐。鳴動する大地。立つことさえも困難な震動の中、空中で激突する業牙と怜門。

錆色のケープを翻し、怜門が虚空で反転する。せり上がった岩盤を蹴って着地した業牙は、怜門を追って再び跳ぶ。

その体を、数条の針が貫いた。

反転の瞬間に、怜門はケープの内より無数の針を放っていたのだ。

地に叩きつけられた業牙に向かって、零牙が叫ぶ。

「業牙！　退《ひ》け！　それ以上戦うな！」

すかさず衝撃波を繰り出す怜門。辛うじて躱した業牙の手を足を、細長い銀の針が貫いていく。

今や業牙の動きは完全に封じられていた。怜門がとどめの針を振りかざす。

「待て！」

過去の光景の只中へ零牙が飛び出さんとしたとき。

業牙は袈裟掛けに真っ二つに斬られていた。

その背後に出現する星牙の後ろ姿。

斬ったのは怜門ではない、星牙の『流れ星』であった。

術が解け、鳴動する荒野の幻が消えた。代わって広がる元のうら寂しい古戦場。

日蝕は既に終わっていた。

星牙は手にした太刀を納めて振り返り、

「あの幻は我等の心を映したもの。厳密に言うと、事後の状況より我等が想像、推測したその思考を映したものだ。業牙を救おうと救うまいと、我等の心は死んでいた。永遠に過去を反復する幻に押し潰されてな。おまえにも分かっていたはずだ」

「ああ、文字通り死中に活を求むるには、自ら幻の核心を斬るよりなかった。幻の核心とは即ち心の核心。それは怜門ではあり得ない。間違いなく業牙だった」

「おまえには出来なかった。だから私が斬った」

「要らぬ世話だ」

「斬れたと言うのか、おまえに業牙が」

「忍びは己の心を刃で斬ってこそ忍びと云う」

「さあて、一部始終を見物の死皇丸とやらも、そう思うてくれればよいのだがな」

零牙には返す言葉もない。

骸魔の頭領を名乗った死皇丸の気配は、濃密に立ち籠めていた霧と共に跡形もなく消えている。

「怜門の危惧した通り、敵の前で無様に踊ったという訳か」

自嘲の呟きを漏らす零牙に、

「気にするな、おまえに幻滅したからといって敵が手を引いてくれる訳でもない」

「たとえ手を引くと言ってもそうはさせん。諸々まとめて、借りは必ず返してくれる」

「その拘りがある限り、おまえはこの戦いに勝てはせぬ。零牙、おまえは甘い。甘いのだ」

遠慮のない星牙の言は、しかし正鵠《せいこく》を射ていた。誰よりも零牙自身がそれを自覚している。

「違いない、同じことを業牙にもよく言われた。が……」

苦い表情を浮かべながらも、零牙は他人事《ひとごと》のようにうそぶいてみせる。

「ならばいい、甘いままで勝ってみせるさ」

星牙は呆れたように息を吐いてから、

「それにしても……」

と首を傾げる。

「〈仮初の闇に踊るまいぞ〉……おまえが夢に聞いたという怜門の言葉、それが本当に警告だったとなると、奴の狙いは一体なんだ。己《おの》が頭領の企みを事前に伝えて、奴になんの得がある」

「さあな。黒薙怜門、仮面の下の顔も心も、まるで掴めぬ化物よ」

吐き捨てるように呟いて、

「行こう。鷹千代達が心配だ」

「うむ」

二人の忍びは、元来た方角へと姿を消した。

視界が急転し、静止する。空間は無風となる。

跳躍の頂点で、四人の少女は同時に正確無比の攻撃を繰り出してきた――親愛の笑みを浮かべたまま。

四方向からの鋭い同時攻撃。

空中で身を捻って蛍牙はその攻撃を躱し、前面の少女を斬った反動で背面を払う。

命を持たぬ幻影に『蛍火』は無力。己の心は、己の刃で斬るしかない。

忍風布を翻して落下の速度と角度を調整し、残る二人の死角に回る。上方から三人目の頸部を切り裂く。落下しながら、最後の一人と正面から相対する体勢となった。

一瞬、間近で見つめ合う制服の少女と忍び装束の少女。

制服の少女の口許が、微かに動いている。目の前の相手に、何か囁きかけているようだ。

名前を呼んでいるのか。螢牙は必死に目と耳を凝らす。

……ねえ、……どうしたの、……聞いて、　……あたしね……もう、
ったら……嬉しいわ、私達、ずっと　に会いたかったの……ねえ、　……　…

…

聞こえない。どうしても聞き取れない。

懐かしげな少女の笑み。記憶のかけらにある通りの表情で、螢牙の本当の名を呼んでいる。

その部分の音声は完全に途切れて無音であった。

虚空にある千分の一秒、その僅かな時間に、狂おしいまでの焦燥と躊躇とが螢牙を襲った。

永遠とも思える切なさともどかしさとに、心の糸が焼き切れそうだ。

その隙を相手は見逃さぬ。螢牙の胸を狙って短刀が突き出された。同時に螢牙は、少女の
顔面に小太刀を叩きつけていた。

一人、螢牙は着地した。蒼白の顔色、片膝立てて蹲《うずく》ったまま、じっと地面を見つめてい
る。

やがて息を整えた螢牙は、横たわる真名姫の方へと歩み寄って、

「大丈夫？　しっかりして」

「ええ……」

真名は螢牙の手を借りて立ち上がった。

幻の校舎は既に消えている。四人の少女の姿もまた。

術は破れて、辺りは元の叢に戻っていた。

「背中を見せて」

姫の傷の手当てをしようとして、螢牙は驚く。

確かに姫の背は血に濡れているが、服にも肌にも斬られた跡はまるでない。

「傷はないわ。でも痛くない？」

「痛くはありませんが……吐気がします……」

幻の刃に裂かれた肉体が反応し、傷なくして血を噴いたのだ。生体に傷はないにしても、実際に刃物で裂かれたのと同じ反応を示したくらいであるから、悪寒が残るも当然である。

「それよりも、螢牙様は」

姫は我知らず力を込めて螢牙の袖を摑んでいた。

螢牙は未だ見ぬ過去を遠く眩しく眺めるように、

「……あれは、きっとあたしの名前……でも、聞こえなかった……どうしても……」

「え？」

「幾ら耳を澄ましても、聞こえないはずだわ……だって、あれはあたしの記憶の幻だもの……欠落した名前……記憶にないものは、どうしたって聞こえはしない……」

譫言《うわごと》のように何かを呟いている。

「螢牙様？」

呼びかけられて、螢牙は微笑む。

「心配しないで。あたしは平気」

「そんな、螢牙様は御自分の……」

涙ぐんでさえいる真名姫に、螢牙はあの何処か儚げな笑みを見せ、

「確かにあたしはあたしを斬った。でも傷付いたのはあたしの心。血も涙も流れはしない」

「いいえ、いいえ！」

姫は子供のように首を振る。

「私には、見えます……螢牙様の、血も涙も……」

「平気。だって、元々あたしの心はばらばらだから。あれくらいの傷なんて、すぐにまた繋ぎ合わせるわ。簡単よ、壊れた破片を拾い集めればいいの。きっと見つかる。見つけてみせる」

自らに言い聞かせているような螢牙の言葉には、どう応じていいかさえ分からない。

「あたしには記憶を拾う力もあるのよ。いつも使えるって訳じゃないけれど、命の懸かったときならきっと出来る。だから心配しないで、ね？」

「螢牙様……」

姫は胸を詰まらせる。

ぽつりと螢牙が言った。

「ありがとう、助けてくれて」

「えっ？」

思わぬ言葉に、真名姫ははっと顔を上げる。

「貴女がかばってくれたお陰で助かったわ」

「あれは、思わず……」

螢牙の微笑みに、姫は俯く。

思わず螢牙を突き飛ばし、我身に刃を受けていた。あれほど忌み嫌っていたはずの忍びをかばって。

「優しいのね、貴女って」

「………」

「そうよね、だって、貴女はお姫様だもの」

「………」

真名は無言で首を振り続けた。

どうしようもなく胸が痛い。心が潰れる。それは幻の傷のせいではなかった。

戦場跡に光が戻った。

「日蝕が終わったか」

弓牙が天を見上げてほっと息をつく。

鷹千代も泣くことを忘れたかのように、ぽかんと空を見上げている。

霧のまにまに跳梁していた妖しき幼女の影もなく、二人の動きを封じていた謎の気体も消えていた。

最早周囲に脅威はない。

だが――あの恐るべき妖気。全身には痺れるような恐怖の澱《おり》が残っている。嘗て感じたこともない感覚であった。

霧の向こうに仄見えた血のように赤い毬。そして、耳朶に残る不吉な歌。

現かな、虚かな、黄泉路は白い霧ばかり……

弓牙はぞくりと身を震わせる。霧の湿気に体が芯まで冷え切ったか。

敵の魔手は正体を見せることなく忍び寄って、日蝕と共に去っていた。

その目的は――

(足止めか)

だが、一体何故。

正体不明の大敵は、その目的さえも不明であった。

「さあ、皆の所へ戻ろう」

不安を打ち払うように鷹千代を促す。

だが鷹千代は、屈託のある面持ちで俯いた。

「うん……」

「どうした」

「すまぬ、鷹千代のせいで」

「君のせいじゃない」

破顔する弓牙に、

「鷹千代は、勇気がなかった。意気地なしのままじゃ」

幼いながらに、先刻の醜態を恥じているらしかった。腑甲斐ない身を嫌悪しているらしかった。

「今はまだ、ね」

弓牙は明るく笑った。

「でもこれからさ。これから強くなればいい」

「本当に、本当に強くなれるのか。鷹千代は勇気を持てるのか」

「僕はこうも言ったよね。僕がいつも君の側にいよう、そして君の手助けをしようと」

「弓牙……」

弓牙は手にした青磁の弓を背負い、鷹千代に右手を差し出した。

鷹千代は頷いて少年の手を取った。

姉と同じに、温かい手であった。

古の戦場跡を颪が蕭々と吹き過ぐる。

気流が凝固して形を取ったが如く、無人の野に忽然と現われる人影。

紫の法衣に身を包んだ美少年、骸魔死皇丸であった。

零牙達には見せなかった実体を、一人荒野に晒し立つ。

（御頭領……光牙の検分、如何でございましたかな）

風の中から声がした。あどけない童女の声。暗黒の大聖堂で魔妖女と名乗った声である。

「なかなかの趣向であった。が、光牙きっての手練と呼ばれる零牙より、むしろ星牙が収穫じゃ」

死皇丸は風の中の声に応える。

「零牙の甘さを星牙の非情が補う。なるほど、絶妙の組み合わせよ。技もなかなか。『流れ星』か。加速の仕組を解かぬ限り、容易には破れまい。それに何より、美しい」

（ほほう、頭領の御眼鏡に適うとは。星牙とやらはそれほどの美貌にございましたか）

「うむ、気高く誇り高く、何物をも顧みずただ一瞬に通り過ぎる。まさに流星の美しさよ」

（この魔妖女、少々妬けまする）

「心にもないことを……それより、そちらは」

（弓牙は鷹千代と一緒に居った故、取り敢えず足止めを掛け置いて、螢牙の方を当たりましてございます）

「首尾は」

(さすがは光牙者、小娘とて侮り難し。いや、この先楽しみでなりませぬ)

風が嗤った。それに合わせて、死皇丸も嗤う。

姿は一つ、笑い声は二つ。

一つの姿も、すぐと風に紛れて消えた。

茫漠たる一面の野、後に残るは風に咽《むせ》び泣く無数の朽ちた髑髏のみ。

機忍獣

一

垂直に切り立った断崖の上から、一行は眼下に広がる盆地を声もなく見下ろしていた。

そこに、壮大な都市があった。左右を赤茶けた絶壁に囲まれた土地に聳える巨大建築群。その果ては余りに遠く、朦《もう》と霞んで定かでない。

幾何学的に整然と配された区画に、石造りらしい円錐状の白い建造物が建ち並んでいる。さながら丸いピラミッドとでも譬えればよいか。円錐の外壁には無数の大きな窓が設けられ、且つ一面に精緻な彫刻が施されている。大小、形態は様々で、尖塔のように鋭く尖って天高く伸びているものもあれば、押し潰されたように平たく横に広がっているものもある。また複数の円錐が融合したような複雑な構造を持つものもある。それらのすべてが同じく白い石で造られた長大な回廊で結ばれている。都市の中心部には、おそらく祭事を司る神殿であろう、一際優美な円錐が屹立していた。

そして舗装された街路に立ち並ぶ琥珀の列柱。これもまた高さ太さは一様でなく、巨大な白い円錐の美を強調する如く、至る所に設置されている。すべてが見たこともない様式によるものであった。雄大な規模を持つその街に、生ある者の気配はない。落日の中に静まり返るそこは、太古に殷賑《いんしん》を極めながら時の中で死に絶えた廃都であった。

「話には聞いていたが、初めて見る」

高地の風に目をすがめながら、零牙が廃都の果てを見晴るかす。敵の幻術を逃れ、合流を果たして戦場跡を抜けた一行は、漸くここまで辿り着いたのであった。

水晶の谷と髑髏の古戦場。骸魔の追手は行く先々で罠を仕掛けて待ち受けていた。追手でありながら行手へ遥かに先行し、この先も必殺の罠を張り巡らせているに違いない。目に見えぬ亡霊が音もなく蠢く様を感得させる廃都の静寂。恨みを残して死んだ民が、今も徘徊しているような。無音の街路のその果ては、行手に待ち受ける死の罠へと敢えて飛び込まざるを得ない一行の運命を暗示しているかとも思われた。

心の奥底から首をもたげる不安を押し隠すように、一行は暫し無言で街を眺める。

「あの街に、名前はあるのですか」

真名の発した問いに、零牙はゆっくりと首を振る。

「嘗てはあったろうが、今はない。誰も覚えていないのだ。あの街の由来を伝える者は絶えてない」

伝える者があって、歴史は初めて歴史となる。名を残し得なかった文明は、存在自体も無きに等しい。

「滅びた国に意味などない。伝えるにも値せぬ」

冷淡に言い放った星牙に、真名が顔を上げる。

「そんな……では……」

私達の国も――と言いかけて、亡国の姫は言葉を呑み込む。

光牙の者達もまた、国を失い彷徨する民である。しかも彼等は、故国の場所さえ知らずにいる。

「廃墟とはいえ久々の街だ。さあ、行こうよ」

姫を励ますように、弓牙が快活に足を踏み出す。

「こんなに高い崖だもの、早く降りないと陽が暮れちゃうわ」

と螢牙も一緒に歩き出して、

「……で、この崖、どこから降りるの？」

「え？　えーと……」

言い淀んだ弓牙に代わり、零牙が先に立って辺りを探る。

「大方、こっちだ」

見ると敷石の跡らしきものが微かに残っている。その先に、崖に刻まれた階段の降り口があった。

時に晒されながらも岩肌に彫り込まれた細い階段は、九十九折《つづら》に何度も方向を変えながら、遥か谷底まで続いている。

先に立って階段を下った零牙の後から、鷹千代は怖々と下を覗き込む。目は眩み、気も遠くなりそうな高度に身がすくむ。

「うん、さすがにここは怖くて当たり前だ」

後ろから弓牙が先回りするように声をかけてきた。

「そんなこと、ない」

憤然として足を踏み出したはいいが、すぐにしゃがみ込んでしまった。

「強がりは大事だ。でも、時には人の手を借りる勇気も大事だ」

「勇気？　それも勇気か？」

「そうさ、勇気の秘訣の第一歩だ。そら、僕の手を取れ。恥ずかしがってちゃ勇気は逃げるばっかりだ」

笑いながら弓牙が手を差し出す。

「いいか、下に着くまで離すなよ」

「うん」

古戦場で握った、安堵に満ちた温かい手。その同じ手を固く握って、鷹千代はそろそろと階段を下り始めた。

「さあ、貴女も」

螢牙が真名に手を差し出す。

姫は顔を上げてその可憐な手の主を見つめる。

「どうしたの、さあ、早く」

「ええ」

一瞬躊躇してから、真名は螢牙の手を取った。


階段を下り切る頃には、案の定、陽は完全に没し去って周囲は薄闇に包まれつつあった。

廃都に踏み入った一行は、比較的小さな建物の一つを一夜の宿と定めた。廃墟のこととて寝具など望むべくもないが、それでも野宿よりはましである。

屋内の造作は壁も天上も丸い半球状。同じ造りの小部屋が連なる内部を見て回った零牙と星牙は、退路を確認してからそれぞれの部屋を割り振った。

すぐに夜が訪れた。生者も死者も住まわぬ廃都の夜は、静寂と虚無とが支配する。

千切雲《ちぎれぐも》は全天に流れ、一面塗り潰した如くに星はない。それでも時折覗く月は煌々と冴えて絢爛たる太古の伽藍を照らす。

薄明かりの差し込む一室の窓際で、石の台座に腰を下ろした真名姫は、朱鞘の懐剣を取り出した。浦霞浮線綾の紋を白い指先で撫で、静かに抜く。薄氷のような刀身が月光に蒼く映えた。

憂愁に満ちた眼差しで、美姫はじっと刀身に見入っている。

「綺麗な剣ね」

唐突に声をかけられ、姫は驚いて刀身を鞘に納めながら振り向いた。

そこに螢牙と鷹千代が立っていた。

「刃があんなに澄んで、まるで月の光が固まって出来たみたい」

「あれはな、母上が姉上に遺して下さった剣なのじゃ」

「そうか、道理で気品のある剣だと思ったわ」

得意げに言う鷹千代に頷いてみせてから、螢牙は真名に向かい、

「ねえ、今夜は貴女の話を聞かせてくれない？」

「え……」

と姫は腰掛けたまま螢牙を見上げる。

元より忍びを嫌悪する姫であった。それでも螢牙に対してのみは心を開く様子もあった。

螢牙の話に惹かれ、歳相応に笑うことさえあった。なのに、水晶の谷に入る前——忍びになりたいと無邪気に口走った弟を思わず叱ってしまったときから、姫は何処となく屈託のある様子で打ち沈んでいた。笑顔はすっかり影を潜め、傍目《はため》にも分かるほど鬱々としている。更に古戦場で敵の幻術に遭って以来、一層思い悩んでいる風だった。

姫の抱える懊悩が、忍びという異邦人への偏見に根差すものなら、螢牙にはそれを癒すどころか触れることさえ出来はしない。それでも螢牙は、なんとか姫を力づけようというのだろう。

「ねえ、お願い。あたし、とっても知りたいの。忍びは何にだって化けるけど、あたし、お姫様になんてなったことないもの」

「そんな……」

「あたしも一度でいいからお姫様になってみたいなって、ほんとよ、ほんとに憧れてたの」

困惑か、自嘲か――美姫は複雑な表情を浮かべて黙っている。

やがて、目を伏せるようにして姫は答えた。

「前にも申し上げました。私には楽しい思い出など何もないと」

「ううん、そんなのでなくてもいい。貴女のことならなんでもいいの。知りたいのよ、あたし。貴女の好きな色、好きな花、好きな服。悪戯して叱られたことは？　転んで泣いちゃったことはない？」

「そうだ、その懐剣」

螢牙は真名が胸に抱いた懐剣に目を止めて、

「え、これですか」

「お母様の形見ですってね。ねえ、あなたのお母様はどんな方だったの」

「鷹千代も聞きたいな、母上のこと」

真名は懐剣の紋に寂しげな視線を落とし、

「母が亡くなったのは鷹千代が生まれてすぐの頃……その頃は私もまだ幼く、殆ど覚えていないのです」

「そうなんだ……」

螢牙は済まなさそうに俯いた。

「ごめん。悪いこと、訊いちゃったかな」

「いいえ、そんな」

鷹千代は姉の膝に凭れ、縋るような目で見上げる。

「母上はお優しかった？　それも覚えてないの？」

彼は母の顔さえ知らぬのだ。

「いいえ、それははっきり覚えているわ。生まれたばかりの貴方を抱いて、お歌を歌っておられたわ。貴方が怖い夢を見ませんようにと。それはそれは優しいお声だった」

鷹千代が安堵したように顔を綻ばせる。

「そうか、母上は鷹千代にお歌を歌ってくれたのか」

真名は思い出に浸るように目を閉じる。

「ええ、そうだわ、思い出した……とっても温かくて、柔らかな歌声……母上は本当にお綺麗で、お優しい人でした」

「いいな、姉上は。母上のことを知っていて」

鷹千代はそう呟いて姉の膝に顔を埋める。

その頭をそっと撫でる姉の姿に、螢牙は思った。二人の母者は、きっと今の真名姫のように優しく臈長《ろうた》けた人であったのだろうと。

戦いの後で、あの男はいつも寂しげな顔をしていた。

あれほど果敢に攻め、そして情け容赦なく敵を屠《ほふ》ったその後に。

男は電光石火の技を持ち、悪を決して許さない。その同じ人間が、惚けたように空を見る。

空ではない、男が見るは次元の果て、真の故郷。それは彼の心の奥底に秘められた世界でもある。

敵の血を流したその後で、男は宝石をまさぐるように、胸の中の記憶を確かめる。それはまさに宝石そのものであっただろう。

空を突き抜け虚空を覗く、男の横顔は寂しげでありながら、不思議と安堵に満ちていた。

その横顔に惹かれて声をかけると、男は多少の狼狽を見せつつもすぐに普段の頼もしさを取り戻し、苦笑混じりに気安く応じてくれるのだった。

——零牙か、おまえにはいつも隙を見抜かれる。まったく油断のならぬ男よ。敵わんな。

俺の心にずかりと入ってくるのは、零牙、仲間の内でもお前だけだ。

何を見ていた、見果てぬ空のまた果てか、分かっているぞ、それを俺にも聞かせてくれぬか、そう、あれよ、いつものあれよ——

戦時にあっては仲間の甘えを許さぬ男も、そのときばかりは別だった。胸の内なる宝石を、惜しむことなく晒してくれた。

その煌く光の数々よ。ただ陶酔の他にない。耳で味わい心で溶かす、記憶の甘露を反芻すると、男は加えてこう言った。

――俺達は所詮無明の世界に生きる忍びでしかない。だが『記憶』の中では、俺は『人』になる。分かるか、『人』だ。

自分はその言葉に聞き入った。

――『情』を知り『真心』に触れ合う。それが『人』だ。本当の『人の世界』だ。それを想うだけで、胸に安らかな何かが満ちてくるのだ。

俺はおまえが羨ましかった。そんな世界の記憶を持つおまえが。

円錐の尖った屋根の上に座り込んで、零牙は月光に沈む深更の廃都を眺める。

おまえは逝ってしまった。あれほど帰りたがっていた本当の世界へ、遂に帰ることもなく。

「零牙」

背後で声がした。振り返らずに答える。

「星牙か」

「交替の時間だ」

「いや、いい。今夜は俺に任せてくれ」

「そうか」

星牙は零牙の横に腰を下ろしながら、

「あの男のことを考えていたのか」

「ああ」

「やはりな」

二人は共に無言で夜を見つめる。

ややあって、零牙が口を開いた。

「……星牙」

「なんだ」

「おまえは思い出すことはないか。奴を……業牙を。そして奴の話を。無論この前の幻は別にしてな」

「忘れたくとも忘れられぬ。耳にこびりついている。あれだけ同じ話を何度も聞かされたのだからな」

「違いない」

零牙が苦笑する。

「その同じ話を、俺はいつも夢中で聞いていた。細部まで知り尽くした話なのにな」

「おまえは付き合いが良過ぎたのだ。だから悲しみも一層深い」

「そうかも知れん」

しみじみと呟いた次の瞬間に、零牙はクク、と小さく噴き出していた。

「どうした、何が可笑しい」

「いや……光牙でも随一の手練でありながら、業牙の話は詰まる処、惚気《のろけ》じゃないか。あれほどの使い手が大真面目な顔で惚気を語る。考えてみれば笑える話だ」

「それを真面目に聞いていたおまえも笑えるぞ」

「それもそうだ」

二人の忍びは夜気の中で静かに笑う。

「だがな……」

零牙がふっと笑いやむ。

「俺はその惚気が心地好かった。幸せそうに惚気を語る奴の顔を見ているだけで、自分が惚気ているような気分になれた」

星牙は瞑目するように息を吐いた。

「分かる。光牙者なら、誰でもな」

そして思い切ったように言う、

「私は、螢牙が羨ましくてならぬときがある」

零牙は無言で聞いている。

「分かっている。螢牙には螢牙の苦しみがある。誰にも分からぬ苦しみだ。それでも、螢牙には本当の己に繋がる記憶がある。たとえ断片であってもな」

氷よりも冷ややかな女忍者の、それは予期せぬ吐露であった。非情に冴える眼差しが、今は夜より深い憂いに沈んでいる。

「一体何者だったのだろうか、本当の私とは」

光牙者が永遠に繰り返す自問である。

自問無答。その問いに答えはない。

「どんな暮らしを送っていたのか。家族はいたのか、いなかったのか。誰かを愛していたのか、いなかったのか。私は——どんな人間だったのか」

「その問いに答えはない。だから俺達は戦い続ける。ないはずの答えを求めて」

「そうだったな」

月は雲に隠れ、廃都の闇は深さを増した。

二人はそれきり黙り込んで、もう何も言葉を交わさなかった。

二

眠り込んでいた一同が目覚めたのは、夜が白々と明け初める払暁の頃であった。

最初の微かな振動が、すぐに激震へと変わった。

「……地震？」

真名姫と鷹千代が身を起こすのと同時に、零牙と星牙が飛び込んできた。

「早く外に出るんだ。急げ」

大慌てで建物の外に駆け出たときには、震動は既にやんでいた。

一同は首を傾げて周囲を見回す。

静謐に沈む廃都の様に、先程の震動は夢の中の出来事かとも思えた。

「ただの地震だったみたいだね」

弓牙がほっとしたように言う。

「いや、違う」

舗道に伏せて地に耳を押し当てた零牙が、険しい顔で、

「来るぞ」

「来るって、何が」

　螢牙の問いに首を振り、

「分からぬ。だが、何かがいる」

　その言葉が終わらぬ内に、周囲は再び激しく揺れた。

　全員が堪らずよろめく。姫と鷹千代は立っていられず地に投げ出された。

「あれをっ」

　螢牙が廃都の中心部を指差した。

　そこに佇立していた大神殿が地盤ごと大きく盛り上がって――

　地下から巨大な怪物が出現した。

「あいつは！　鷹千代の国を襲った化物じゃっ」

　鷹千代が叫ぶ。

　青銅の皮膚、黄金の角。ただでさえ醜悪な鰐のような顔面を、更に醜悪に見せるどす黒い火傷《やけど》の痕。零牙の雷神剣を食らった傷痕であった。

　異形の怪物『機忍獣』は、頭上の大神殿を粉砕しながら全身を地上に現わした。

　天を仰いで魔獣が吠えるや、耳をつんざく咆哮に、悠久の眠りにあった街が震えた。古《いにしえ》の神話に語られる終末の光景、その具現とも思える悪夢の図である。

　太い腕による横殴りの一撃で、高層の円錐が吹っ飛んだ。

「危ないっ」

弓牙が咄嗟に鷹千代を抱いて横に跳ぶ。機忍獣に破砕された円錐の上部がまるで小石のように飛んで来て、一夜の宿とした建物の扉口にめり込む。恐るべき膂力《りょりょく》であった。粉砕された建造物の破片が巨大な霰《あられ》の如く一同に降り注ぐ。直撃を受ければ即死は免れない。

機忍獣は次々に円錐や列柱を薙ぎ倒しながら、一同を目指して真っ直ぐに進んでくる。その頭上に、何者かが立っている。

「私の可愛い芭檀の力、思い知ったか」

全身に銀鼠《ぎんねず》のストールを纏った若い女であった。風に棚引くストールは、細長い一枚布のようで、他の衣類は身に付けておらぬよう。その合間から覗く薄い褐色の二の腕も太股も、象牙のように彫りの深い顔立ちも、剽悍《ひょうかん》の気に満ちている。炎の如くに赤く縮れた短い髪は、猛き気性の反映か。

「貴様か、この化物を操っているのは」

怪物の頭部を振り仰いで、星牙が叫ぶ。

紅も差さぬ薄い唇を大きく開けて、女は驕慢に笑った。

「骸魔六機忍が一忍、十六夜毬緒さ。光牙の衆よ、この古の街こそうぬらの墓場……やれ、芭檀！」

頭上に主《あるじ》たる女忍者を戴いて、異形の獣は更に猛り狂う。首の周囲に密生した赤銅の触手が、一同に向かって一斉に伸びる。

「散《さん》！」

光牙四人衆が四方に散る。鷹千代は弓牙が抱えている。螢牙は首に巻いた忍風布を大きく広げて力場を発生させ、真名姫に肩を貸すような体勢で共に跳ぶ。

間一髪、触手が街路を払って過ぎる。その高熱に触れた建造物が忽ちに焼け爛れた。

聳え立つ円錐を破壊しながら猛襲する芭檀。光牙衆の頭上に瓦礫が降り注ぎ、灼熱の触手が襲い来る。

それを軽やかに躱しつつ、光牙衆はそれぞれ街路を走り、屋根を越え、石柱を跳び渡る。

「そんな図体であたし達を摑まえられるとでも思ったの」

階段状になった円錐の側面に跳び移り、螢牙が減らず口を叩く。

だが毬緒は、ストールの内側から何か小さな物を取り出して、

「案ずるまい。骸魔の中でも芭檀にしか出来ぬ仕掛けが、ほれ、この通り」

手にした釦《ボタン》のような物を操作する。

同時に、螢牙の立つ建物の直下で爆発音がした。

「ああっ！」

真名姫を連れた螢牙は思わずよろめき、側面から転げ落ちそうになる。轟音を上げながら陥没する円錐。瓦礫と共に地中に呑み込まれる寸前、螢牙は姫と共に辛うじて回廊の上へと跳んだ。

続いて零牙の、星牙の、そして弓牙の立っていた建物や舗道が、地中の爆発と共に陥没する。

光牙衆は一斉に跳んだ。しかし跳び移った先もまた轟音を上げて崩壊する。

「この街がうぬらの墓場と言うたはず。一人たりとて逃しはせぬ」

毬緒が容赦なく言い放つ。

芭檀は一行が到着する以前に、廃都の地下を縦横に掘り尽くしていたのだ。そして毬緒は、街中の地下に爆薬を仕掛けていた。

広大、壮麗な死都が、次々と陥没し、長の年月に耐えた遺跡が瓦解していく。

巨大な落とし穴だらけの街を、屋根から屋根へ、光牙の四人は必死に跳び渡る。猛追する芭檀の攻撃を避けながら。

芭檀の頭上で哄笑する毬緒。彼女にとってはさぞ面白い見物《みもの》に違いない。

不意に芭檀の動きが止まった。

「どうした？」

毬緒が足許を見て訝しむ。

芭檀の金剛石の目は、標的の中に零牙の姿を察知し、思い出すように検索していた。

検索は直《じき》に完了した。芭檀が再び動き出し、一際凄まじい咆哮を上げる。

怪物の目に宿る憤怒、それを察して毬緒は高らかに命じた。

「そうだ、よく思い出した、奴はおまえに傷を負わせたあのときの忍びだ。芭檀よ、今こそ存分に恨みを晴らすがいい」

「ほう、俺を覚えていてくれたとは光栄だ。図体の割には物覚えがいいようだな」

円錐の頂上に立った零牙がうそぶく。

回廊を蹴散らしながら己に向かって突進してくる芭檀に、

「それほど俺に可愛がって貰いたいのか」

零牙が背中の太刀を抜く。頭上の空が発光し、落雷がその刀身を撃つ。零牙必殺の技『雷神剣』の構え。

彼が背にする太刀『陽炎』は、正の電荷を持つ陽子を操る。機忍法『雷神剣』とは、即ちその陽子で雷雲底部に集まる負の電荷を呼び寄せる技である。

零牙が帯電した陽炎を大きく振りかぶったその一瞬――

立ち並ぶ円錐の一つ、その破風の上に、銀の仮面が見えた。

「あれは――」

零牙は咄嗟に、雷神剣を芭檀ではなく、破風に向けて放っていた。

迸った電撃は破風を貫いて円錐の壁面を破壊する。

虚空を振り仰いだ零牙の視界に、ケープを翻して跳躍する影が映った。

「黒薙怜門！」

後を追って跳ぼうとしたとき、足許の一帯が瓦解し、陥没した。

零牙も、怜門も、瓦礫と共に土中へと消える。

「零牙！」

円錐間のアーチ上から星牙が呼びかける。しかしその声も、土石流の轟音に掻き消されるばかりである。

　星牙は近くの円錐上に立っていた弓牙に向かって叫んだ。

「弓牙、この化物はおまえに任せる」

「分かった」

　アーチから壁面の破風を伝って地上に降り立った星牙は、零牙の後を追って陥没した穴の中へと身を投じる。

「頑張ってね弓牙、あたしもあんたに任せたから」

　真名姫を連れた螢牙も、遠くの回廊の上から気楽そうに声をかける。

「大丈夫か、弓牙。あんな化物相手に一人でなんて」

　鷹千代は不安そうに弓牙を見上げた。

「まあ見てなよ」

　言うが早いか、弓牙は芭檀の頭部に向けて矢を放つ。

　廃都の上空を飛んだ矢は、芭檀の触手に薙ぎ払われる寸前に虚空に消え――

　釦のような装置を握っていた毬緒の右手を掠《かす》めた。

「あっ」

　思わず取り落とした釦は、遥か地上に落下して見えなくなった。

「これでもう落とし穴は使えまい」

　弓牙は余裕の動作で、矢筒から二の矢を抜いて弓につがえる。

「そんな矢が芭檀に通じると思うてか」

　嘲笑する毬緒に、

「勿論、思うよ」

　弓をこれまでになく強く、大きく引き絞る。

　限界にまで引き絞られたとき——青磁の矢が輝き出し、白銀の光を放ち始めた。

「食らえっ」

　渾身の気合で放たれた白銀の矢は、防御の触手を擦り抜け、途轍もない衝撃で芭檀の腹部を覆う装甲のような鱗《うろこ》を破壊した。

　腹に大穴を穿たれて、芭檀が苦悶の絶叫を上げる。

「見たか、最大限の熱量を込めた矢は、あらゆる物を粉砕する」

「笑止、この程度の傷で怯む芭檀ではない」

　毬緒が言い放った通り、腹の傷から黒い体液を滴《したた》らせながらも、芭檀は尚も弓牙に向かってくる。

「なかなかしぶといね。でも、これで終わりだ」

　三の矢をつがえ、三度大きく引き絞る。

　鷹千代ははらはらと弓牙を見守っている。弓矢を構えた少年の凜々しい横顔に浮かぶ大粒の汗。最大の熱量を込める分だけ、弓牙は著しい消耗を余儀なくされている。確かに白銀に変じた矢の威力は凄いが、芭檀の巨体を完全に止めるにはあと何本も必要であろう。

芭檀はもう目の前まで迫っている。今の弓牙にその暇《いとま》があるのだろうか。その体力があるのだろうか。

「何してるのよ、もう、早く片付けちゃって」

螢牙が変わらず呑気な声をかけてくる。

「言ってくれるよ」

軽くぼやいてみせてから、弓牙は最後の集中に入った。増幅された気合は肩を回り腕を伝い、指先から矢へと流れ込んで――

青磁の矢が白銀に変わり、やがて目を開けていられぬまでに輝き始めた。

その輝きが高まるにつれて、弓牙の苦悶も増してゆく。

「弓牙！」

鷹千代はもう気が気ではない。

遂に弓牙の気合が頂点に達したのか、矢は凄まじい初速で放たれた。

芭檀の胸部に向けて一直線に飛んだ矢が、虚空に消える。

鷹千代は目を見開いた。今度は何処に向かって消えたのか。

一拍の後《のち》。

巨獣の胴体部が内側から破裂するように爆発した。

手足が引き千切れ、遥か後方に落下した頭部が舗道の敷石にめり込む。

爆風の中、悠然と立った弓牙が声も高らかに、

「白銀の矢は芭檀の表皮装甲を擦り抜けて、心臓部で実体化したのさ」

離れた位置で、螢牙と真名姫が歓声を上げる。

鷹千代は斜めになった屋根の縁に駆け寄って下を見下ろした。

街路の先に転がる機忍獣の頭部。巨大な眼窩からはみ出た金剛石の眼球は、完全に光を失ってひび割れた路面に転がっている。

目を見張ってその様子を眺めていた鷹千代は、地上部の異変に気付き声を上げた。

「誰かいる！」

「なに？」

「ほら、あそこっ」

鷹千代が指差す先に、醜悪な芭檀の頭部へと駆け寄る豆粒のような人影が見えた。

「おお、芭檀！　私の可愛い芭檀！」

巨大な屍《しかばね》に取り縋って嘆く女。機忍獣の使い手、十六夜毬緒であった。

「あの女、生きていたか。さすがに骸魔六機忍の一人だけはある」

鷹千代の横から身を乗り出した弓牙が、何を目にしたか、訝しげに呟いた、

「あれは？」

路上の毬緒が、瓦礫の間から何かを拾い上げるのが見えた。

「しまった」

弓牙の顔色が変わる。

毬緒が手にしていたのは、あの釦であった。

憎悪に歪んだ笑みを浮かべ、毬緒が釦を操作する。

廃都全体で爆発が起こった。地表が連鎖的に陥没していく。

「僕に掴まれ！　離すんじゃないぞ！」

「うん！」

弓牙は咄嗟に鷹千代を抱き上げる。だがその足許は崩壊し、二人は瓦礫と共に落下した。

次々と崩壊する円錐状建造物。螢牙と真名姫が立っていた回廊付近も地割れを起こして瞬く間に陥没する。

圧倒的な瓦礫の怒濤に、真名姫の絶叫も呑み込まれた。

「螢牙様！」

二人は抱き合ったまま、砕けた地盤の底へと消える。

悠久の時間に耐えた壮大な廃都は、醜い異形の巨大な骸と数人の忍び、そして亡国の姉弟と共に、盆地周辺の地方一帯に轟く大音響を残して地上から消え去った。

三

大地が裂け、巨石建造物が瓦解する。螢牙と真名は逃れる暇もなく大陥没に呑み込まれた。螢牙は忍風布を更に大きく靡《なび》かせて力場を強化し、真名姫を抱えたまま、落下中の巨石の上を跳び渡る。

壁の残骸から床の断面へ、街路の土塊から円柱の破片へ。

忍びとは言え、卓越した跳躍力、集中力、動体視力、姿勢制御能力、そして精神力である。真名姫を守らねば——その一心が、螢牙にかかる体技を可能たらしめたのかも知れぬ。

微細な破片に全身を打たれつつ、それでも致命的な直撃を避けて瓦礫群と共に降下を続ける。

轟音と共に瓦礫が地の底を打った。その寸前に宙へと身を躍らせた螢牙は、忍風布の力場が生み出す揚力を使って巧みに着地し、素早く巨石の隙間に潜り込む。その上に雪崩《なだれ》の如く大量の土砂が降り注ぐ。

陥没の轟音はかなりの間続いた。巨石の合間で、螢牙は真名を抱き締め、忍風布を頭から被って崩壊の終わりをじっと待つ。忍風布の形成する力場は、ある程度衝撃を緩和するが、それでも直撃を受ければひとたまりもない。余りの恐怖に真名は心身喪失に近い有り様だった。

自身も恐怖に震えながら、螢牙は身を挺して姫をかばい続ける。

やがて、音がやんだ。

恐る恐る石の隙間から顔を出す。粉塵が濛々《もうもう》と舞う地の底の檻。それでも外に這い出る程度の空間は残されていた。

「助かった……」

粉塵の収まるのを待って、用心しながら身を乗り出す。

「もう大丈夫よ。さあ」

顔を上げた真名姫へ手を差し出す。

姫は暫し朦朧としていたが、我に返って螢牙の手を取った。

「ありがとうございます、螢牙様のお陰で……」

「ううん、前はあたしが助けられたわ」

日蝕に乗じた敵の幻術。心の拠り処を衝かれて放心した螢牙を姫は救った。

「あのときは……」

「忘れないわ、貴女が私を助けてくれた」

「そんな、螢牙様は、私のために御自分の心を……大切な思い出を……」

「いいえ、あんなの思い出じゃない。弱い自分の映った鏡の中。本当の『記憶』は誰にも傷付けられはしないから」

「螢牙様……」

「それに、新しい思い出も大事だわ。今の、この瞬間も。ね、そう思わない？」

「ええ……」

それが二人の間の秘め事であるかの如く、姫はそっと顔を伏せる。

螢牙は闇を透かし見て、

「なんとか移動は出来るみたい。早く出口を捜さないと」

「皆様は御無事でしょうか」

「心配ないって。特に星牙はね。『流れ星』を使えば、これくらいの崩落でやられることなんてないはずよ。今頃星牙はみんなを捜して回っていると思う」

「はい」

螢牙の力強い言葉を信じ、真名は素直に頷いた。

だが、頭上で折り重なった瓦礫は、一時的に不自然な均衡を保っているに過ぎない。いつすべてが崩れ落ちるか。一箇所でも均衡が破れればそれが最後だ。


地底の空洞の中を、零牙は走っていた。

咄嗟に怜門を追ったのは軽率であった。よもやこのような大陥没が起ころうとは。自分ともあろう者が、結果的に護るべき鷹千代や真名達と分断される形になってしまった。

瓦礫の合間に翻っては遠ざかる錆色のケープ。こちらを嘲笑うかのように時折闇の中に浮かんで消える銀の仮面。今はせめてこの敵を捉えようと必死に後を追うが、何重にも層を成して積み重なった都市の残骸に阻まれ、どうにも追い付くことが出来ない。

空洞全体を揺るがすほどの爆発音が四方より何度も伝わってくる。その都度新たな落盤が起こって、行手を遮る。

焦燥。そして、言い知れぬ不吉の予感。

「黒薙怜門！　何処にいる！」

己の声が虚しく闇に吸い込まれる。

「何処だ、出てこい！　夢でしか俺に姿を晒せぬか！」

銀の仮面に翻弄され、いつしか地の底で方角すら見失っていた。

先程まで間近に捉えているように思った怜門の気配が、今は完全に消えている。

やられた――

星牙に再三警告されつつも、心の隙を衝かれた未熟。

零牙は己が敵の術中に陥っていたことを漸く悟った。

（おのれ、光牙め）

陥没した廃都の上を走りながら、十六夜毬緒は呪詛の念を吐き散らしていた。

如何なる術を用いたか、一人彼女のみは都市全体に及ぶ陥没に巻き込まれることなく地表部に逃れたのであった。

（よくも私の芭檀を……この恨み、よも晴らさずに措くものか）

積み重なる瓦礫の上を跳び渡っていると、前方から声がした。

「化物の飼主が、一人急いで何処へ行く」

立ち止まって声の方を振り仰ぐ。

斜めに傾《かし》いで地から突き出た円柱の先端に、腕組みをして立つ黒い影。

「うぬは！」

「星牙参上」

倒れた円柱が数本折り重なって、地表に僅かな隙間を作っている。零牙と怜門を追って地底に降りた星牙であったが、降りしきる土砂と瓦礫の中で両者を見失ってしまった。その後に起こった廃都全域に亘る大陥没で地底が更に寸断されたため、状況を確認しようと円柱を伝って一旦地上に戻った処であった。

「よもやここで貴様とまみえようとはな」

「これは願うてもない僥倖……まずはうぬから片付けてくれる」

身構える毬緒に、

「いいのか、頼みの機忍獣はもう居らぬぞ」

「この十六夜毬緒を侮るか。骸魔機忍法の奥義、篤《とく》と見よ」

ストールの下から短剣を取り出して逆手に構える。

その構えを一瞥して、

「なるほど、少しは使えるようだな」

星牙が倒れた石柱の上を走り出す。同時に毬緒も瓦礫の上を駆ける。足場を確保することさえ容易ではない瓦礫の上を、両者は平原を往くが如くに疾走する。双方共に驚くべき体術である。

跳躍した星牙が背中の太刀を抜く。空中で激突する二人の女忍者。

先に着地した星牙が振り返る。左肩がざっくりと裂けていた。

「やるな」

同じく着地した毬緒が嘲笑《わら》う、

「光牙の星牙よ、うぬの得意は加速と聞いたに、技を惜しんでは命取りとなろうぞ」

「いいだろう、見せてやる。それが死の前の望みとあらばな」

星牙が再び走り出した。

「機忍法『流れ星』！　あの世で貴様の可愛い化物に語ってやれ」

毬緒もまた短剣を構えて走り出す。両者共に一段と速い。

その速度の頂点で、星牙の姿が消えた。

だが――それに同調するが如く、毬緒の姿もまた消える。

曇天の下、瓦礫の上。人の姿は皆無となった。

それも一瞬。

虚空より同時に現われる二つの人影。

「うぬの加速技とはその程度の速さか」

ストールを棚引かせて毬緒が勝ち誇ったように振り返る。

十六夜毬緒。彼女もまた加速の技を能くする忍びであったのだ。

今度は右腕から鮮血を迸らせて、星牙は毬緒が纏ったストールに目を遣った。

「貴様の纏うその衣装……それが加速の根源か」

星牙は擦れ違った一瞬に、毬緒のストールが何等かの力場を形成していることを喝破した。

光牙の忍風布が作り出すものとはまったく異なる種の力場。毬緒一人が大崩壊の陥没から免れ得たのも、その力場の故であったのだ。

「それが分かったとて、速さの違いはどうにもならぬぞ」

得意の毬緒を、星牙はフッと鼻で笑った。

挑発の仕草に毬緒が激昂する。

「見苦しや、この期に及んで虚勢とは」

「どうやら貴様には何も見えなかったらしいな」

「なに」

「貴様の加速は所詮物理的な速さに過ぎぬ。だが『流れ星』は違う。この星牙は、自らの動きを形成する時空連続体、その連なりの数個先を行けるのだ」

譬えて謂うなら、水上に特定の角度で投じられた小石が、水面を跳び跳ねて対岸に届くようなものか。小石が水面と接触する瞬間は僅かに数度。その瞬間以外の時空連続体を、星牙はすべて〈飛ばして〉いるのだ。

「まさか……」

星牙の言葉の意味に気付いて、毬緒の顔色が変わる。

「そうだ、次はもっと多くの連続体を飛ばして見せる。その結果がどうなるか」

言うや否や、星牙が駆け出す。

毬緒が慌てて加速の体勢に入ろうとした刹那。

彼女は脇腹を裂かれて瓦礫の中に倒れ込んだ。

すぐ後ろに実体化した星牙が、太刀を背中の鞘に納めて呟く。

「……尤も、〈飛ばせる〉時空間はそう長いものではないがな。一瞬にして燃え尽きる、それが流れ星である故に」

そして星牙は、再び瓦礫の隙間を見つけて地中へと姿を消した。

一刻も早く仲間達を見つけねばと。

「鷹千代、しっかりしろ」

弓牙の呼びかけに鷹千代は答えない。だが呼吸に大きな乱れはなかった。どうやら気を失っているだけのようであった。

弓牙は安堵の息を漏らし、鷹千代の小さな体を巨大な石壁の隙間に横たえる。そこならば多少の土砂が落下してきても障りはない。

鷹千代の寝顔を見つめ、弓牙はふっと微笑む。まるで本当の兄のように。この無邪気な若君を、零牙もきっと弟のように思っているだろう。だとすれば零牙は長兄か。星牙は無愛想な姉か。そう考えると、なんだか無性に可笑しさが込み上げてくる。その想像は温かい感触さえ伴っていた。螢牙までが自分を弟扱いしているのは少々癪に触ったが。

笑いを堪《こら》えて立ち上がり、周囲を見回す。廃墟の上部であろう、大伽藍の部分が頭上を覆って、地底に広間のような空間を作り出していた。

足許は倒れた壁が水平になって、さながら石造りの床のようになっている。その表面を薄く流れる水の筋。何処からか地下水が沁み出しているらしい。鷹千代を押し込めた場所に水濡れの怖れがないことを確認する。

弓牙は不意に思った。鷹千代くらいの年齢だった頃、果たして自分はどんな子供であったのかと。

偉そうに鷹千代に勇気を説くは容易い。しかし、自分が幼かった頃、既に勇気を身につけていたという保証はない。それどころか、もっと情けなく、もっと暗《おろ》かな子供であった可能性さえあるではないか。

何しろ『記憶』がないのだ。

物心ついた頃は言うまでもなく、幼年時代もまるで定かでない。これが記憶のない悲しさだ。自分がどうであったのか。聡明な子供であったのか、暗愚な子供であったのか。正しき人であったのか、邪《よこしま》な人であったのか。

自己の自己たる所以が劃然《かくぜん》と消去されて存在しない。それは実体のない虚無である。亡霊も同然だ。亡霊であるから忍びは人に忌み嫌われる。

更にと弓牙は考える。自分が何か特別の境遇であった気がしない。螢牙の記憶の世界で謂えば、同年輩の少年達に混じって当たり前のように『学校』に通う、そんな普通の『生徒』であった気がする。根拠はない。ただそんな気がするというだけである。凡そ鷹千代のように高貴の生まれであったとは思われぬ。

そうだ、鷹千代の方が遥かに偉い。幼い身で過酷な旅によく耐えている。成長すれば、さぞ英明な人物となるだろう。自分はその助けとなれればいい――

心に一人頷く弓牙であった。

改めて闇に向かい、空間の気配を探る。空気は澱んでこそいるものの対流もあり、微かな光もある。地上への脱出経路を探るのも難しいことではあるまい。また一方で、猶予は出来ぬ状況であるのも明らかであった。頭上の大伽藍は、いつ瓦礫の重みに耐えかねて崩壊するか知れたものではない。いずれにせよ急がねばならなかった。

足許に広がる数条の水流を踏んで歩き出す。

出口を求めて周囲を見回しながら進んでいた弓牙は、酷寒の冷気にも似た気配を察知してその足を止めた。

闇の奥に仄見える銀色の仮面。

「……黒薙怜門！」

水を蹴立てて走り出す。中央に行くに従って水は量を増し、広く床一面を覆っていた。

銀の仮面は俊敏に身を翻し、漆黒の彼方へと消える。

「逃すものかっ」

闇に紛れて去ったかに見えた仮面の影は、行手を巨石の壁に阻まれて、諦めたように動きを止めた。

立ち止まって身構える弓牙の前に、仮面の忍びはゆっくりと振り返り、その全身を露にする。

「いい所で遭ったな。仲間の恨み、この弓牙が晴らしてやる」

毅然と言い放ちつつ、弓牙は内心で後方を気にしていた。意識不明の鷹千代が横たわる石壁から、少しでも距離を取りたかったのだ。

大丈夫だ。この位置なら、怜門に気付かれることはまずあるまい。

「『次元弓』の威力は聞いていよう。怜門、貴様は僕が斃す」

腰の矢筒から抜いた青磁の矢を弓につがえて引き絞る弓牙に、怜門は嗄れた笑いを漏らす。

「光牙の弓牙よ、まずはおまえから始末しろというのが頭領の厳命だ」

「なに？」

「おそらく頭領にとってはおまえの『次元弓』が命取りになるのだろう。だがそんなことはどうでもよい。俺は与えられた使命を果たすのみ」

「へえ、それはいいことを聞いたな。礼を言う」

「構わぬ。どうせおまえはここで死ぬ」

「貴様等の頭領でさえ怖れる僕の『次元弓』。それを貴様は破るつもりか」

「破る」

あっさりと言ってのけた怜門に、弓牙は改めてただならぬ脅威を感得した。

何かある、と思った刹那、頭上から数条の光芒が飛来した。

間一髪跳びすさってそれらを悉く躱してみせる。石の床に突き立ったそれは、細長い針状の武器であった。上部の大伽藍に罠が仕掛けられていたのだ。

「そうか、逃げたと見せて僕をこの位置に誘い込んだのか。だがせっかくの仕掛けも無駄だったな」

「そう思うなら、弓牙、おまえはまだまだ未熟。一人前のつもりだろうが、見た目のままの小僧に過ぎぬ」

「なんだと」

「機忍法『次元弓』……その制御機構は弓自体にはない。また弦にも矢にもない」

弓牙は愕然として己の腰を顧みる。一本の針が、矢筒の底を真上から貫いていた。

「そうよ、その矢筒。それこそが『次元弓』を制御する力の根源。最早『次元弓』は封じられた」

「貴様……何故それを」

怜門は無言で懐から小さな黒い武器を取り出した。両端の尖ったその武器は——独鈷《とっこ》。

「それは！」

その武具を目にした瞬間、弓牙はすべてを理解した。

怜門が如何にして幾人もの光牙の手練を屠ることが出来たのか。

そして怜門がこの位置へ——水の中央へと自分を誘い込んだもう一つの理由も。

「どうして……どうしてあんたが……」

弓牙の問いに、怜門は何も答えない。銀の仮面は硬く冷ややかにして一切の情を遮断している。

「そうだね……僕は未熟だ……」

弓牙が漏らす自嘲の呟き。

地底の広間を閃光が呑み込んだ。

四

「弓牙……起きて弓牙……どうしたと言うのじゃ、早う起きろ弓牙……」

折り重なって行手を塞ぐ瓦礫の合間を潜り抜け、零牙がそこへ辿り着いたとき、彼が見たのは、横たわる弓牙に取り縋って泣いている鷹千代の姿であった。

意識を取り戻した鷹千代は、弓牙を捜して歩き回り、そこに倒れている彼を見つけたと言う。

「しっかりしろ、弓牙」

零牙が弓牙の胸に手を当てる。心の臓に動きはない。

「衝《しょう》!」

右の掌で弓牙の心臓の部分を叩く。指の合間に蒼白い電気の光が一瞬散った。

「衝!」

もう一度。

螢牙、真名姫との合流を果たした星牙も駆け付けてきた。

状況を見て取って、螢牙と真名が大きく息を吸い込む。

彼女等の姿など眼中に入らぬかのように、零牙は弓牙の胸を叩き続ける。

「鷹千代のせいじゃ！　弓牙はきっと鷹千代を守ろうとして死んだのじゃ！」

泣きじゃくる鷹千代を、星牙が冷ややかな口調で諭す。

「泣くな。強くなりたければ、涙は決して見せぬものと覚えておけ」

「でも弓牙は！」

喚く鷹千代の頬を、星牙が平手で打つ。

痛みというより驚きに鷹千代は星牙を見上げる。誰かに頬を張られた経験などこれまで皆無であった。

星牙はただ無言。だがその冷厳な目の奥で、烈火となって渦巻くものがある。それを星牙はひたすらに強い意志で以て押し殺している。

そうと気付いて、鷹千代は涙を堪《こら》えてうなだれた。

零牙は諦めることなく同じ動作を反復する。

「衝！」

弓牙の胸に微かな鼓動の感触。

「よし……衝！」

弓牙がうっすらと目を開けた。

鷹千代はすかさず駆け寄って、

「弓牙！　弓牙！」

「……鷹千代か」

縋りつく鷹千代に、弓牙は血の気のない笑みを見せた。

「すまない……僕はもう君の側にはいられない……」

「ならぬ、約束したはずじゃ……弓牙は、鷹千代にきっと勇気を教えてくれるって」

「君は、出来るさ……勇気を、自分で……」

「無理じゃ、無理じゃ」

「無理じゃない……やるんだ……新しい、約束、だ……」

零牙が弓牙を抱き起こし、

「どうした、何があった」

「黒薙……怜門……」

「なにっ」

「零牙、あんたには奴は斬れない……」

そう言い遺して、弓牙は息を引き取った。

少年の心臓はもう動かない。

「弓牙！」

鷹千代が大声を上げて泣く。蛍牙は嗚咽《おえつ》を堪《こら》え切れずにいる。星牙はただ頭上の伽藍を仰ぐ。

弓牙の亡骸をそっと横たえ、零牙は両の拳を固く握り締めた。拳の合間から血が滴る。

零牙、あんたには奴は斬れない……

俺の技量では奴に及ばぬとでも言いたかったか。

だが、と零牙は心の内に呟いた。

弓牙よ、それでも俺は斬ってみせるさ――

頭上の大伽藍が遂に崩れ始めた。

落下する土砂と瓦礫が、少年の亡骸を埋めていく。


地上。地に没し去った廃都の上部、その瓦礫の中で、呻き声がする。

「ウ……ウウ……」

片手で腹を押さえ必死に這いずる毬緒であった。

なんという生命力。なんという執念。十六夜毬緒は脇腹を深く斬り裂かれながらも生きていた。ストールの形成する力場ではみ出す内臓と出血を辛うじて押さえ込む。だがその力場も既に微弱なものとなっていた。溢れ出た血がストールを濡らし、横倒しになった石柱に毬緒の這った跡を記している。

再び陥没が始まった。その震動に、漸く這い上がった石柱からずり落ちていく。早くこの場を逃れねば今度こそ危うい。骸魔の女忍者は、苦痛に顔をしかめつつ、最後の力を片手の指に込め、傾いた石柱の上を必死に這い上がる。

そこへ、黒い影が差した。

顔を上げた毬緒の目に、逆光で黒い輪郭となって見えたのは、紛うことなき銀の仮面。

「怜門か！」

毬緒の顔が安堵に輝く。

「有り難い、助かった」

「十六夜毬緒……骸魔六機忍の一人ともあろう者が、いいざまだな」

「面目ない、だがこの失態は必ず」

「必ず、なんだ？」

怜門がケープの下に携えていた細長い針を抜く。

それを目にして、毬緒の顔が凍り付いた。

「貴様、なんのつもりだ」

「いい機会だ、おまえにはここで消えて貰おう」

「裏切りか」

「そうではない」

「では何故、なんのためにそんな……」

毬緒の言葉の終わるを待たず、怜門は彼女の背中に針を突き立てた。

低く呻いて、毬緒は絶命した。

「話したとて、どうせおまえには理解出来まい」

　そう呟いて、血に濡れた針を引き抜く。

　瓦礫の平原が更に崩れ落ちていく。天を覆い尽くす大量の粉塵の中、仮面の忍びの姿は既になかった。

天球樹

一

はるか、はるか遠い昔、世界がまだ真っ平らな草原であったころ。

天と地と、星と水とで世界のすべてが成り立っておったころ。

天には何百、何千の神々がおわしまして、地には同じくらいの数の人間がおりました。

人間の中に、一人の勇敢な若者がおりました。

若者は草の海を渡り歩く狩人でありました。ある日、獲物を追うのに夢中になって、いつの間にか草原を突き抜け、それまで見たこともなかった大きな湖に至りました。それは、地上のまんなかにあたるという湖でありました。

湖のほとりで若者は、機《はた》を織る乙女と出会いました。

若者と乙女は、初めて出会ったそのときから互いに想いをつのらせて、やがて永遠の愛を誓う間柄となりました。

互いに思いやり、いたわりあい、二人はそれはそれは深く愛しあっておりました。その愛は、湖よりも深く澄んだものでありました。

二人の仲があまりにむつまじいので、他の人間たちは、あれは生まれ変わり、死に変わっても結ばれるさだめにあるに違いないとうわさしました。

見よ、あれを、あの二人を。美しく愛らしい、まるで二羽の小鳥のようだ。いやいや、並んでかがやく双子星だ。

人々は寄るとさわると頬をゆるめて話し合ったと申します。

そのうわさは草原を吹き渡る風に乗り、やがて天にも届きました。

なに、双子星のように美しいだと？

星のすべては神々の持ち物です。双子星とは、神々の気に障るたとえでありました。

聞き捨てならん、どれどれ、ためしにちょっとのぞいてやろう。

うわさを耳にした神々は、厚い雲の合間から、地上の二人を眺め下ろしました。

ううむ、これはと神々は息をのみました。雲の上から見る二人のほうが、雲に近い星よりも、ずっとずっと輝いて見えたのです。

天に住まう神々は、とても嫉妬深いたちでした。人間の愛が天の星より美しいなど、我慢のならぬことでした。

二人の愛が、神の妬《ねた》みをかったのです。

神は雲を幾重にもかき混ぜて大竜巻を起こし、乙女を天へと連れ去ってしまいました。

一人地上に残された若者は、大いに嘆き悲しみました。

その悲しみは、彼の身を引き裂かんばかりであったと申します。湖のほとりで、若者は声を限りと叫び、訴えました。もう一度、一目でいい、愛する人に逢わせて欲しいと。

くる日もくる日も若者は願い続けました。乙女のいない世界に一人、生きているかいがないとさえ思えたのです。

その願いは、湖から立ち上る水蒸気に混じって天へと届きました。水滴の音となった願いを聞いた神々は、雲の上から若者に向かって言いました。よし、願いはかなえてやろう、おまえのために天と地の間に掛け橋を渡してやる、それを伝って天にいる女へと逢いに来るがいいと。

若者は躍り上がって喜びました。

しかしそれは、意地の悪い神々のたくらみであったのです。神々は地上に天球樹の種を植えました。種は翌朝すぐに芽を出して、また翌朝には見上げるほどの高さに育ち、そしてさらに翌朝、雲を突き抜け天へと伸びる大木となっていたのです。

それが神々の約した、天と地の掛け橋でありました。

これでやっと愛する人に逢いに行けると、若者は勇んで木を登ろうとしましたが、天球樹の幹は釘一本打てぬほど固く、また手掛かり一つないほど滑らかで、とても登れるものではなかったのです。

それでも若者はあきらめず、乙女を想いながら、ついに息絶えるまで、天球樹に挑み続けました。

そして。

二

暗黒の祭壇に並ぶ六つのランプ。その内三つは既に消え、灯火は今や三つに減っている。

骸魔六機忍、残り三人。

（光牙の一行は天球樹の森に入ったとの由。怜門と虹之介も既に配置を終え、万端抜かりはございませぬ）

灯の点ったランプの一つから、魔妖女の声がする。

骸魔死皇丸は鷹揚に頷いて、

「すべては我等の描いた図の通りか」

（左様にございまする）

童女の声と死皇丸とが、共に含み笑いを漏らす。

「鏡弥、絵蓮、毬緒……捨て駒と言うにはいずれも惜しい使い手ではあったがな」

（光牙に敗れたは奴等の未熟。我等の思惑とは無関係。骸魔忍群の最精鋭たる六機忍に名を連ねながら、ああも無様に……死して当然と言えましょうぞ）

「相変わらず手厳しい喃《のう》」

(それにしても、あの男……思うた以上に使えましたな)

「うむ、多少は妙な動きもしておるようじゃが、それとても我等の掌の内とは知るまいて」

(頭領の深謀遠慮にはこの魔妖女とて及びませぬ)

「煽《おだ》ては無用。これもそなたの薫陶の賜物よ」

(ほほ、嬉しいことを言うて下さる)

童女の声と合わせて笑っていた死皇丸が、紫の法衣を翻し、

「我等もそろそろ参るとしようぞ。せっかくの最後の舞台、この目で見物せぬは無粋というもの。日蝕の幻想舞台は愉快であった。彼奴《きゃっ》等があれ以上の舞を見せてくれるとよいのじゃが」

(踊らぬ傀儡《くぐつ》を踊らせるが我等の本領)

「そうであったな」

(この魔妖女、頭領が御所望の最後の段、見事組み上げて見せましょうぞ)

檀上に並ぶ六つのランプ。その左端の灯心が無風下で揺らめき――

祭壇の前に黒い人影が浮かび上がる。

その背丈、輪郭は、やはり幼き女児のものと見えた。

「これが天球樹か……」

鷹千代が感嘆の目で天を見上げる。

弓牙を喪い今や五人となった一行が立つは、長大な黒い壁の前。

いや、壁ではない。左右に行くに従いごく僅かに湾曲したそれは、巨大な木の幹なのであった。

「信じられぬ、これが本当に木なのか」

見上げる余り、鷹千代は反り返って転びそうになる。

上空は夜のように暗い。星のように見える光の点は、星ではなく枝葉の合間の木漏れ日であった。

「そうだ、如何なる人工の塔よりも高く、幹は鉄よりも固くして孔を穿つことさえままならぬ。何万年も前から変わらず聳えているという神妙の木々よ」

零牙が答える。

「この天球樹の森を抜ければ、目指す北の山脈はすぐそこだ」

長かった旅は漸く終わりに近付きつつある。とは言え、この森を抜けるだけでも大いに難儀。

しかも、その上。

一行の行手を阻む骸魔の魔手。濡髪絵蓮、燦然寺鏡弥、十六夜毬緒と六機忍の内の三人までを斃したが、あと三人、そして頭領の死皇丸が残っている。逃げ道がないに等しい超巨木の森は、襲撃するに恰好の地勢でもあった。

厳しい顔で星牙が呟く、

「おそらく骸魔はここで最後の勝負を仕掛けてくるだろう」

「多分な」

「零牙……」

「分かっている。同じ過ちは繰り返さぬ。今は鷹千代と真名を送り届けることが先決だ」

「ならばよい」

星牙は先に立って歩き出す。

その後ろ姿に、零牙は思った――星牙は自分を信じてはいまい。何故なら、己自身が己を信じられずにいるからだ。光牙の名に懸けて務めは果たす。だが、怜門の仮面を再び目にしたとき、弓牙をも殺された怒りを抑えられるかどうか。


何度も休みを取りながら天球樹の森を往く。

昼であるはずなのに、周囲は夜としか思えない。

森を抜けているはずなのに、塀に沿って歩いているとしか思えない。

それほどに天球樹は太く、大きかった。その巨大な樹木が森となって林立しているのである。抜けるまでにどれほどの日にちがかかるか見当も付かない。

定まった道など当然無きに等しい。忍び特有の正確無比な方向感覚のみが頼りである。

何処まで行っても同じ風景。樹影と言うには余りに深い偽りの夜。

この森で、骸魔はいつ、どうやって仕掛けてくるのか。

一行は休憩の間も、休むというには程遠い心地で過ごしていた。

それでなくても弓牙を失って以来、皆塞ぎ込んでいる。元より口数の少ない星牙はともかく、螢牙でさえともすれば黙り込んでしまう。誰しも思いは同じであったろうが、それを口にしてはならないとやはり全員が感じていた。とりわけ鷹千代の落ち込みようには痛々しいものがあった。しかしその鷹千代さえも、今はもう泣き言一つこぼさず耐えている。

野営の焚火を囲んでいても、話は自ずと途切れがちとなる。重苦しい空気を紛らせようと幼心に気を利かせてか、鷹千代が思い出したように姉にせがんだ。

「ねえ姉上、あのお話、もう一度聞かせてくれぬか。森に入る前に教えてくれた昔話じゃ」

「お話？　ああ、天球樹のお話ね」

「そうじゃ、それじゃ」

「何それ、教えて。面白そう」

螢牙が目を輝かせる。

「そんな大層なものでは……」

恥ずかしげに顔を伏せる姫を、螢牙が促す。

「いいじゃない、聞かせてよ」

「分かりました」

姫は思い切ったように語り出した。

「天球樹にまつわる神話、御存じですか」

螢牙も零牙も首を横に振る。

「昔、城の侍女達が語って聞かせてくれました。古い言い伝えで、宿世《すくせ》の縁《えにし》で結ばれていた男と女がいたのですって。二人は心から深く深く愛し合っていたそうです。それがなんでも、二人の睦まじさを妬んだ神々によって、天と地の双方に引き裂かれてしまったとか。女は天に、男は地に。男は神々に訴えました。一目でいい、なんとか女に逢わせてくれと。その願いを耳にした神々が言うには、いいだろう、ならば天と地の間に掛け橋を渡してやろう、それを伝って好きなだけ女に逢いに行くがいいと。そして意地の悪い神々が植えたのが天球樹。男は勇んで天球樹を攀《よ》じ登ろうとしましたが、鉄のように固く、鉄のようにつるつるの大木の幹を、どうしても登ることが出来なかった……それが天球樹の神話であり、由来だとか」

「ねえ、男の人はそれからどうなったの？」

続きをせがむ螢牙に、

「それが……諸説いろいろあるようなのです。私は二人の侍女から、二種類の続きを聞きました」

「へえ、どんなの？」

「男は神の無情を恨み抜いて、とうとう鬼になってしまったそうです。その怨霊は、今でも天と地の間にとどまって、人々に祟《たた》りを為しているのだとか」

「うわあ……」

鷹千代が恐ろしそうに首をすくめる。

螢牙はいよいよ身を乗り出して、

「もう一つのお話は？」

「天球樹をどうしても登れないと悟った男は、嘆きの余り息を引き取りました。死んで魂だけになった男は、するすると天球樹を登り、遂に天に到達して、愛しい女性の魂と再会を果たしたと言います。そして二人は二度と離れ離れになることもなく、永遠に幸せに暮らしたそうです」

「そっちの結末の方がずっといいわ」

「鷹千代もそう思う」

「ええ、私もこちらのお話の方が好きなのです」

「絶対そうよね」

手を叩いた螢牙は、黙って聞いていた零牙に話を振る。

「ね、零牙もそう思うでしょ？」

「え？」

いきなり振られて困惑しながら、零牙は応じる。

「俺か、そうだな、俺は最初の話の方がありそうに思えるな。この世に鬼は確かに居るが、永遠の幸せなど聞いたこともない」

「もう！　どっちがありそうかってことじゃないの。どっちが素敵なお話かってことなの」

思わぬ逆襲を受けて、零牙は苦し紛れに星牙に振る。

「星牙、おまえはどうだ」

両手を頭の後ろで組んで仰向けに寝転んだまま、星牙が素っ気なく答える。

「どうもこうもない。どちらもただの御伽噺《おとぎばなし》だ」

身も蓋もあったものではない。

「おまえらしい答え、ありがとうよ」

憮然として肩をすくめる零牙であった。

三

森に入って五日目。午過ぎの頃だが周囲は夜同然の闇であった。

先頭を歩いていた零牙が足を止める。

前方におどろと浮かぶ銀の仮面。

「来たか」

「いや待て」

後尾の星牙が背後を振り返る。

そこにも同じく銀の仮面。

「あっちにもいるわ」

螢牙の指差す方にも同じ仮面が。

「幻影の類ではないな。実体だ。零牙、どれが本物か分かるか」

「全部偽者だ」

「何故分かる」

「気の感触がまるで違う」

「やはりそうか」

「だが陽動と攪乱は奴の得意とする処。裏を掻いて何か企んでいるに違いない」

古《いにしえ》の廃都で痛い目を見た光牙衆である。

「あの三人、恐らくは怜門の仮面を付けた下忍。だが奴ならわざと気を抑えて偽者と見せるくらいはやりかねん」

「うむ」

三つの仮面が殺気を漲らせ、ケープの下から腕を突き出す。その手に何かを握っている。偽りの夜の中、常人には判別すらならぬであろうが、零牙はそれが細く長い針であると見て取った。

「使う得物まで本物と同じらしいな」

「面倒だ、三人とも私が片付ける」

星牙が背中の太刀に手を掛けて、

「『流れ星』ならまとめて始末するのも不可能ではない」

「待って」

螢牙が止める。

「あれを」

四つ、五つ……九つ、十……次々と数を増して幽鬼の如く闇に浮かぶ銀の仮面。

「すべて偽者の下忍だろうが、こう多いと厄介だな」

星牙が舌打ちする。偽者の数が増えれば増えるほど、敵の打ってくる手が読み辛くなる。

「じゃあ、あたしがやるわ」

螢牙が片手の掌を可憐な唇にかざしたとき。

無数の仮面が一斉に動いた。応じて動く光牙の三人。

「円！」

鷹千代と真名を護るように円陣を組んで防戦する。敵は圧倒的に多数。しかし護るは零牙、星牙、螢牙と三人ながら、いずれも光牙名うての手練。如何に下忍の数が多かろうとも、やわか引けを取りはすまい。

暗夜に篠《しの》突く雨の如く、一面に降り注ぐ針の陣。自ら放った無数の針の雨を掻い潜り、仮面がケープを翻す。

黒薙怜門の影に扮するだけあって、銀仮面はいずれもこれまでの下忍より格段に優れた体術を有していた。

物理の法則を無視した如く、虚空に躍り全方位より影の群れが襲い来る。迎え撃つは光牙三本。

螢牙が螢火を展開させる間もなく、敵影はすべて懐に入っていた。左右から突き出された針を躱し、正面の敵を小太刀で斬って、螢牙は軽やかに跳躍する。少女の軌跡に沿って散開する発光体。

幻惑の光が広がるより早く、三つの仮面が同時に倒れる。螢の火ではなく、流れる星の軌跡に触れたのだ。一旦静止し、剛刀を引っ提げた姿を現わした星牙は、瞬きする間もなく次の加速に入って消える。そうかと思えば零牙の気合一閃、四つの仮面が亜空間の淵に消え、絶叫のみを通常空間に残して滅する。

忍びの戦いの決するは、双方の数に拘わらず概して短時間。息を何度か吸うて吐く、その数瞬に生と死とが隔てられている。瞬きの合間を生き延びてこそ忍びである。

戦いの開始と共に銀仮面が天に向かって放った針が、虚空で放物線を描き、すべて地上に突き立つより早く——

螢牙の小太刀が、星牙の剛刀が、そして零牙の陽炎が、銀の仮面を悉く討っていた。

「これで終わりかっ」

最後の一人を真っ向から斬り倒して零牙が叫んだとき。

頭上より一気に降りてきた光の壁が三人を隔てる。

「しまった——」

『死の帷』。忘れもせぬ、帷虹之介の機忍法。

天球樹の枝葉に遮られ、上空に展開するオーロラに気付かなかった。銀の仮面の集団は、やはり陽動であった。

しかも死の帷は一幕ではない、二幕同時に降下して、光牙の三人を完全に分断した。戦いの最中に円陣は自ずと崩れ、三人の位置はいつしか大きく離れたものとなっていたのだ。

星牙は鷹千代と、螢牙は真名と一緒だが、それぞれ光の壁によって互いに隔てられた。

零牙は一人、光の壁の狭間に取り残されている。

いや——一人ではなかった。

オーロラの谷間に立つ銀の仮面。

影武者の生き残りか。否、底知れぬその殺気。間違いない。

「怜門か」

仮面が微かに上下に動く。笑ったらしい。


「これは……」

驚愕の目で星牙は頭上を振り仰ぐ。

闇夜に等しい天球樹の森で、オーロラはその荘厳な美しさを余す処なく示している。

「零牙に聞いた『死の帷』か」

だとすれば、決してこの光に触れてはならない。それは即ち死を意味する。

星牙は鷹千代を連れて小走りに駆け出す。出来るだけオーロラから離れるのだ。

「いいか、絶対に私から離れるな」

「うん」

「怖いか」

「うん、怖い。でも怖くない。弓牙との約束じゃ」

「そうか」

弓牙との約束か。弓牙があの世という次元から勇気という矢を放ち、幼君を鼓舞してくれているのか。

我ながら柄にもない想像であった。

思わず苦笑を漏らしたが、それ以上何も言わず、足を早める。

光の壁は一幕でも一直線でもなく、天球樹の森に複雑に張り巡らされていた。

巨大な樹木の合間を塞いだ光の壁が、二人をある一定の方向へと誘《いざな》う。それは恐るべき死への一方通行であった。

零牙の話からすると、何処かに術者たる帷虹之介がいるはずである。

(ならばそやつを見つけ出して斬るまでよ)

万が一の場合は、命に代えても鷹千代だけは逃がしてみせる。その覚悟と自信に揺るぎはない。

しかし、と星牙は考える。

敵がこちらを三つに分断したのは、必ず何等かの意図があるはず。光牙の忍びを個別に討とうという策か。

オーロラに隔てられていても、亜空間を使う零牙には無意味である。その零牙が仲間を捜しに現われぬ処を見ると、既に敵と遭遇していると見て間違いはない。

その敵は、おそらく黒薙怜門。

因縁の敵に平常心を失いがちな零牙を掩護して、共にこの大敵と戦うつもりであったが、最早叶わぬ。敵の策に嵌まった迂闊さが悔やまれる。

鷹千代を連れて走りながら、星牙は心に呟いた。

己の敵は銀の仮面に映った己の影だ、零牙よ、構えて己を見失うまいぞ——

同じく螢牙と真名も、手に手を携え走っていた。

「頑張って、あたし達だけでも森を抜けるの。みんなとは森の出口で合流すればいいわ」

「はいっ」

真名は息を弾ませ走る。乱れる息は迫る危機への怖れからか、それとも握った掌の熱さからか。

己の心の在りように、息のみならず心も乱れる。

自分の手を取り、先に立って走る人。

その人からの無私の真心、その人への親愛、それは一体なんであるのか。走りながら姫は自問する。

不意に悟った——ああ、そうか、〈友〉とはこういう人のことなのかと。

「螢牙様」

真名は我知らず立ち止まっていた。

「どうしたの」

振り返った螢牙に、張り詰めた思いで問う、

「螢牙様、忍びとは、忍びの掟とは如何なるものでございましょうか」

「えっ？」

怪訝そうな螢牙に、

「縁もゆかりもない者のためにそこまでして下さる、忍びにとって掟とは、それほど大事なものなのでしょうか」

「ええ、大事よ」

螢牙はにっこりと胸を張った。

「命に代えても務めを果たすのが最も大事な掟よ。だから信じて、あたしを、ね？」

「はい」

深く頷く。真っ直ぐな螢牙の返事に、不時の迷いは心底へ没する如くに消えていった。

行けども行けども光の迷宮は果てなくして尽きる処を知らず、徒に螢牙と真名の疲労は増すばかり。

光の壁は刻々と移動しているようであった。時の経過と共に配置を変えていく迷路。文字通りの無限迷宮。

焦りは募った。更にオーロラの発する電磁波の故か、螢牙は忍びの方向感覚をも失いつつあるのを感じていた。

早くここを抜け出ねば——

早く仲間と合流せねば――

真名を連れて走っていた螢牙が、唐突に立ち止まる。

「……誰？」

前方を塞ぐオーロラから、砂漠迷彩の忍び装束を着た総髪の男が滲み出るように姿を現わす。

「光牙の螢牙だな」

蒼白い顔。陰湿な細い両眼はじっと螢牙を見据えている。問答無用の必殺の気が覗いていた。

「そうよ。貴方ね、帷虹之介とかいう奴は」

「如何にも。うぬは死ぬ、絢爛たるオーロラを墓標にしてな」

真名を背後にかばいつつ、螢牙は平然と虹之介の蒼白い顔を見つめ返す。

「そういくかどうか……やってみる？」

四

左右は極熱光の帷、そして背後は天球樹の幹。

光牙の零牙と、骸魔の怜門。異様なる闘技場で二人の忍びが相対する。

「零牙よ、挨拶は確かもう済ませていたな」

「夢の中での戯れ言など挨拶の内に入るものか」

「あれが戯れ言でなかったことは、既にその身を以て知っていよう」

銀の仮面がまたも笑った。

「そしてこれがおまえへの最後の挨拶」

「いいだろう、だが怜門、最後の挨拶とは、貴様がこの世から消えるという意味だ」

「相変わらず面白い奴だ」

錆色のケープに身を包んで飄然と立つ仮面の忍びに向かって、零牙が身構える。

「業牙の仇、弓牙の仇、そして数多くの仲間の仇、今こそ討たせて貰う。その鬱陶しい仮面を剝いでからな」

怜門は依然動かない。

彼が尋常ならざる使い手であるのは元より承知。一気に決めねば勝負は危うい──

「裂！」

空間を裂いたその刹那。

凄まじい爆発が起こった。

零牙の体が衝撃に吹き飛ばされ、天球樹に叩き付けられる。

視界が白熱し、一瞬飛んだ。鼓膜が破れたかと思えるほどの炸裂音に、頭蓋が激震する。

全身の筋肉は悉く引き裂かれたよう。

何が起こったというのか。

鮮血を吐いて倒れた零牙の目は驚愕に見開かれている。

まさか……

これほどの爆発を引き起こす反応。それは──

「一度で決すると思ったが、まだ息があるのか。電子の量が微量であったか、それとも熱量の大半を虚海に奪われたか」

敵は一歩も動かぬまま、冷徹に零牙を見下ろしている。

「まあいい。いずれにせよ、次で決まる」

仮面の忍びが、ケープの下から片手を出す。

その手に握られていたのは、独鈷。

零牙の全身に、爆発で受けた以上の衝撃が走った。

見間違えようもない、独特の形状をしたその独鈷は、負の電荷、即ち電子を操る『陰火《いんか》』。零牙の持つ『陽炎』と『陰火』とは、是《これ》一対にして決して一つ処《ところ》に置いてはならぬとされる、光牙秘伝の武具である。だが陰火は、その持ち主と共にこの世から消えたはずだった。

その持ち主の名は——

「業牙！」

零牙は叫んだ。叫んでいた。

怜門がゆっくりと仮面を外す。

浅黒く引き締まった顔。猛き眉。猛禽の如くに鋭い目。

絶望に零牙は呻いた。

「ああ……」

予感はあった。弓牙の死因を察したときに。弓牙が水浸しの場所におびき出されたのは、やはり電流の技を使うためであったのだ。

——零牙、あんたには奴は斬れない……

弓牙が遺した言葉の意味を、今こそはっきりと悟った。

間違いであって欲しかった。だが現実は常に人の期待を裏切って、一縷の希望をも余すことなく打ち砕く。

その顔はよく知っている。その眉は悪に対する怒りを示し、その目は時に柔和な光を湛えていた。何度も共に戦った。戦場にあって男は常に勇敢だった。任務のために命を惜しまず、仲間のために命を懸けた。

男の名は、業牙。嘗て黒薙怜門と戦い、敗れて死んだ光牙の忍び。

だがそれは恐るべき欺瞞であったのだ。

「そうだ、勝ったのは怜門ではなかった。俺だったのだ」

追憶とも聞こえるその言葉に、感慨は何もない。

「噂に違わぬ強敵だったがな。その戦いで付近の地形がすっかり変わってしまったほどだ。お陰で俺の死体がないことも不審に思われずに済んだ」

「何故だ……何故なんだ……」

「怜門を斃してその仮面を剝ぎ取ったとき、俺は思った……このまま怜門に成り済まして骸魔衆の中に潜り込めば、無限王朝の中枢に接近出来るかも知れぬと。そして元の世界へ帰る手掛かりを摑めるかも知れぬと。そのために俺は光牙を捨てた。怜門の仮面を被り、無限王朝の命ずるままに悪を為し、嘗ての光牙の仲間さえこの手にかけた。そこまでやらねば骸魔は到底欺けなかった。自己を捨て、身も心も他者となり切る。言うまでもない、これ即ち忍びの極意」

仮面で嗄れていた声は、今やあの懐かしい声に戻っている。

「光牙の技は知り尽くしている。斃すのは造作もないことだった。零牙、おまえの技もな。俺はおまえが亜空間を開くのを待って、通常の電子を放り込んでやるだけでよかった」

「やはり対消滅か……」

零牙が使う亜空間は、『虚無の海』とも『虚海』とも称される、負の熱量を持つ電子で満たされた空間である。陽炎は陽子を操って負の熱量を持つ陽子に変換する。負の陽子は虚海の負の電子と引き合って、亜空間への経路を開くことが出来るのだ。そこに正の熱量を持つ電子を投入すると、虚海の負熱量の電子が正の熱量を得て虚海を飛び出す。負熱量電子が抜けた穴は、負の二乗で正の熱量を持った電子として観測される。更に負の電荷を失ったため、その逆の正の電荷を持つ電子となる。

正の電荷を持つ粒子とは、即ち陽電子。

陽電子と通常電子が出会えば、それは対消滅を引き起こす。爆発の正体はそれである。即死には至らなかったが、零牙が受けた打撃は計り知れない。

虚海を満たす負熱量電子の電荷は負のままであるから、負同士で反発し合い、陰火は亜空間への経路を開くことは出来ない。だがそれが開かれたことは即座に察知出来る。

つまり、陽炎を持つ零牙が陰火を持つ業牙の前で亜空間を開くということは、松明《たいまつ》を持って待ち構える敵の前で火薬庫の扉を開けてやるに等しい。

無敵を誇る零牙の亜空間技は、ただ一人、業牙に対してのみ無力なのだ。

「光牙だけではない、目的のためなら俺は骸魔さえ躊躇《ちゅうちょ》なく殺す。この戦いで骸魔六機忍は光牙に敗れる。一人残った俺が光牙の精鋭を皆殺しにする。頭領の死皇丸はますます俺を頼らざるを得なくなる……と、まずはそういう筋書きだ」

業牙――おまえは――

「さすがに頭領の死皇丸が自ら出向くと知ったときは少々焦った。奴の幻術は強力だ。万一おまえが死ねば俺の狙いに狂いが生じる。そこで奴等に悟られぬよう、『夢幻信』を使って夢で密かに警告したのだ」

なるほどな――

「零牙よ、おまえの『亜空陣』は封殺された。最早亜空間を使って攻撃することも逃げることも叶わぬ。これで対等、と言いたい処だが、おまえの『雷神剣』は、俺の『雷魔剣』に到底及ばぬ。おまえ自身も承知のはずだ。それにその体では、陰火の雷撃には耐えられまい」

業牙が手にした陰火をゆっくりと頭上に掲げる。

『雷魔剣』、久々に見るがいい」

立たねば――早く立たねば――

零牙は焦る、だが意に反して体が動かない。心が受けた衝撃の故に。

「零牙よ、そのまま大人しく倒れておれ。光牙の誼《よしみ》だ、苦しまずに死なせてやる」

――零牙、あんたには奴は斬れない……

弓牙よ、おまえは正しかった。俺には友は斬れない。しかし今目の前にいるのは、嘗ての友ではない。あの業牙では決してない。

血を吐きながら零牙は立ち上がる。

「聞こえなんだか。それともまだ俺と戦うと言うのか」

「何故だ……何故なんだ……」

体をふらつかせながら、同じ問いを繰り返す。

「貴様ほどの男が、何故」

「零牙、おまえも光牙者なら分かるだろう。本当の世界へ、自分の世界へと帰りたいという
この気持ちが」

「分からぬ！」

零牙は吠えた。

「俺達は光牙だ、同じ世界から来た仲間だ。その仲間を手にかける価値があったのか」

「あった。あったのだ」

業牙の目に歓喜の光が宿った。

「目論見通り、俺は無限王朝に接触した。中枢ではなく、末端だがな。そして俺は、欠落し
ていた〈記憶〉の一部を取り戻すことに成功したのだ」

「記憶の一部だと？」

「ああ、俺には〈妻〉がいたのだ。俺が誰よりも愛し、そして俺を誰よりも愛してくれる妻
が」

零牙が愕然と目を見開く。

「妻との平穏な日々……普段は慎ましく暮らし、時には街――そう、あれは確かに街だ――

二人寄り添って街を歩く……他の記憶とは違う、この上なく愛《いと》おしい記憶。何物にも代え難
い俺の宝だ」

「業牙……」

「この闇の世界では得られぬ幸福の記憶。末端との接触でもこれだけの成果だ。この記憶をもっともっと取り戻し、完成させるために、俺は奴等の更なる信任を得ねばならぬ」

「業牙……」

呼びかける零牙の声が震えている。

「そのためには魂を魔物に捧げることも厭《いと》いはせぬ。喜んでこの手を汚そう。分かるか零牙、記憶にはそれだけの価値があるのだ」

「業牙！」

「そしていつか……いつの日か俺は本当の世界に帰るのだ。妻の待つ世界へ」

「聞け業牙！」

遂に大声で叫んだ。

遠い追憶に浸っていた業牙が顔を上げる。

「業牙……貴様には……」

零牙が声を詰まらせる。

「……貴様には、〈妻〉はいない」

「なんだと？」

「貴様には妻はいない……いないのだ」

悲痛な表情で繰り返す。

だが業牙は一笑に付して、

「何を言うかと思えば……俺の話を妄言と抜かすか」

「妄言ではない」

「ならば偽りか。俺の胸に鮮明な妻の面影が、偽りの記憶だとでも言うつもりか」

「偽りでもない」

「ふざけるな！」

業牙が怒気を露《あらわ》にする。

「ならばなんだ！　零牙、おまえは俺の記憶を羨む余り、虚言を弄しているのだ」

「違う、違うのだ業牙……貴様には確かに妻がいた。だが死んだのだ」

「死んだ……？」

業牙が呆気に取られたような顔を見せる。

「ああ……事故だったと聞いた」

「聞いただと？　誰に」

「業牙、貴様に」

言葉を失っている業牙と、言葉を絞り出すように語る零牙。

「貴様は奴等から記憶を奪い返したのではない。奴等に記憶を削られたのだ」

ああ――

「貴様の記憶の話は光牙の皆が知っている。それは、貴様と妻との幸福な日々の断片だ。俺達はそんな幸福のある世界に思いを馳せ、心底憧れた」

　そうだ――そうなのだ、業牙――

「だが、貴様が皆には語らず、俺にだけ話してくれた記憶がある。それが〈妻の死〉だ。貴様は皆に希望だけを与えていたかった。本当の世界にも耐え難い不幸があるという事実を秘して、皆を失望させまいとしたのだ。貴様はそういう優しい男だった」

「嘘だ！」

「嘘ではない。貴様は自らの過ちによって妻を死なせ、自分一人生き残ってしまった。その記憶を、その苦しみを、嘗て貴様は俺にだけ打ち明けてくれた」

　業牙は狂ったように絶叫した。

「すべて嘘だ！」

　取り返しの付かぬ錯誤――零牙の話を真実と認めるならば。

　妻の笑顔。妻の死顔。衝き上げる慟哭。果てしない絶叫。そんな映像が閃いてでもいるのだろうか。

　業牙の顔に浮かんだ動揺は、記憶の断片の復活を示していた。彼は明らかに思い出している。忘れたままでいたかった最悪の記憶、その僅かなかけらの残滓《ざんし》を。

「あり得ない！　零牙、出来るものならおまえにも見せてやりたい、俺の胸の奥で微笑む妻の面影を！　その妻がもう死んでいるだと？　そんなことが信じられるか！」

「業牙……」

込み上げる激情を抑えるように身を震わせながら、零牙は暗い天を仰ぐ。天球樹に覆われて夜より暗い漆黒の天を。

「怜門を斃してその仮面を手に取ったときから、貴様は骸魔の術中に落ちていたのだ……『黒薙怜門』という名の術に」

咆哮、獣の如く。業牙は手の中の陰火を強く握り締め、頭上へと突き上げる。

「俺は信じぬ、こんな世界の何もかもな！　所詮すべてはまやかしなのだ！」

「待て業牙！」

「死ね、零牙！　雷魔剣をその身に受けて！」

遥か頭上を覆い尽くす天球樹の枝葉を突き破って、稲妻が迸る。

同時に零牙が上空に向かって投げた陽炎が、天球樹に深々と突き立った。鉄よりも固いとされる天球樹の幹に。

業牙の陰火が呼ぶは雲の上層部に集まる正の電荷。それに対して零牙の陽炎が呼ぶは下層部に溜まる負の電荷。零牙の呼んだ下層からの落雷は、一瞬早く陽炎を撃った。

跳躍した零牙が陽炎を引き抜き、空中でその刀身を振りかざす。

雲海上層からの落雷を受けた業牙もすかさず陰火を相手に向ける。

双方から迸った電撃が激突し、目も眩む閃光を放った。

衝撃を全身で受けつつも、大地に叩き付けられるように着地した零牙が目にしたのは、仰向けに倒れた業牙であった。

陽炎の電撃が僅かに速かったのである。

「業牙……」

零牙は嘗ての友に歩み寄る。

二人の呼んだ落雷は天球樹の枝葉に大きく穴を開けていた。その穴から差し込んだ一条の光が、闇の底に横たわる業牙を照らし出す。

清浄な光を浴びて、瀕死の忍びが薄目を開ける。

零牙は呆然と呻くように、

「俺の知る雷魔剣は、あんなものではなかったはずだ」

「俺は昔の俺ではなかったというだけよ」

仰臥したままの業牙が微かに笑った。

「なあ零牙……光牙者の魂は、死ぬと本当の世界に帰るのだろうか、それともあの世とやらに行くのだろうか」

「さあな、考えたこともない」

「俺はあの世の方がいい。そこが地獄であってもだ」

そうだろうな、おまえなら――

「妻のいない世界になど……もう……帰りたくはない……」

業牙が再び目を閉じる。既に息はしていなかった。

その手から陰火が転がり落ちる。黒い独鈷に満ちていた負の電子の気配は失せていた。すべての力を放出し尽くしたかのように。

零牙は腰を屈めて陰火を拾い上げた。手の中の黒い武具をじっと見つめる。

業牙は償いようのない罪を犯してしまった。もう誰も彼を救えはしなかった。彼は望んだ通り、地獄に堕ちることだろう。

しかし、と零牙は思う。

業牙は光牙の仲間と共にいるときも、妻の死の記憶に苦しみ続けていた。敵の傀儡となっている間、彼はその記憶を削られ、苦しみから逃れることが出来たはずだ。それどころか、彼は〈妻に会う〉という目的、希望を持って生きていただろう。

どちらが彼にとって幸せだったか。

その答えは分からない。少なくとも、自分には重過ぎる問いであった。

天からの光を受けて、業牙の死顔は心なしか安らかなものに見えた。

零牙は真名姫から聞いた天球樹の神話を思い出していた。

邪な神々によって引き裂かれた男と女。男の魂は鬼となったとも云うし、天上で女と再会したとも云う。

業牙は黒薙怜門という鬼となった。神話の結末の一つが在ったのなら、別の結末もまた在り得よう。

零牙は、光と共に天球樹を勇んで駆け登っていく業牙の幻を見たように思った。

そして。

そして、若者は罠から解き放たれたけもののような勢いで一息に天球樹を登りきり、天上へと至りました。

若者は、大声で呼ばわりました。

どこだ、どこにいる、逢いに来たぞ。

すると、遠くで応じる声がありました。

ここよ、ここにいるわ、来てくれたのね。

それは夢であったでしょうか。

片時も忘れることのなかった乙女。心より愛するその人が、微笑みを浮かべて立っておりました。

男は思わず駆け出しました。

いたか、そこにいてくれたのか。

ええ、ずっとずっと、あなたを待っておりました。

二人はひしと抱き合いました。

互いに二度と離すまいと。

ああ、やっと、やっと逢えたのだ。

長い悲しみの末、再び巡りあえたそのうれしさに、二人とも涙を流して喜びました。

それから二人は、二度と離れることなく、いつまでも幸せに暮らしたということです。

陰忍

一

——姫様、姫様。

皆が言う、姫様、今朝は殊の外御機嫌麗《うるわ》しゅう。

目覚めより、会う人会う人皆が言う。

悪夢が明けて、新たに始まる悪夢をなんと呼べばいいのだろう。

際限なく連環する悪夢。夢の境がないのであれば、目覚めて居るは昼か夜か。生きて在るは現《うつつ》か虚《うつろ》か。

どちらも同じ、煉獄の様よ。

現実である分だけ、白昼の夢は夜の夢より惨たらしい。夜の夢なら醒めもしよう、冷たい汗に濡れて寝床より飛び起きればいい、だがそれが現であるとするならば、最早何処にも救いはない。

姫様、御機嫌麗しゅう。

皆が上辺の笑みを向ける。それを追従《ついしょう》と嗤えようか。人の不実を詰《なじ》れようか。

主君か、臣下か。貴に生まれるか、賤に生まれるか。

人は誰しもさだめに生きる。生まれたときにさだめは決まる。或いは生まれる前にさえ。

それを受け入れ、生きていくより他にない。

姫様、ようも御立派にお育ちで。

孤独は苦痛にさえならぬ。何故なら孤独は原初より在って、孤独に勝る原罪は、悪夢の数を重ねるごとに膨れ上がり、我と我が身を切り刻む。魂を蝕《むしば》み、滅ぼしていく。

現実は既に悪夢と一にして、今に残るは空虚のみ。

姫様、今朝は一段とお美しゅう——


鷹千代を連れて天球樹に挟まれた谷間を走っていた星牙は、いつの間にか周囲に漂い始めた霧に気付いた。

ただの霧である。しかしそれは、進むに従い、次第に濃さを増していく。

何かがおかしい——忍びの本能がそう告げていた。

速度を落とし、慎重に気配を探りながら進む。

霧が深くなったとはいっても、視界を完全に遮るほどのものでもない。それだけに、狙いの分からぬ不気味さがあった。

疾《と》うに歩き疲れた鷹千代は、星牙に手を引かれて歩みながら半睡の状態。

この霧には覚えがある――

この感触、この湿気。そして、この妖気。

同じであった、古戦場の髑髏の原を包んだあの霧と。

星牙は遂に立ち止まった。鋭い目で霧の動きを見据える。

漂い流れる霧の中で、独自の動きを見せる白い気体。それは明らかに大気の流れに逆らう不自然な動きであった。

「……あれか」

星牙が呟く。霧はその白い気体の塊を隠すための欺瞞装置であったのだ。

一見すると霧と見分けはつかないが、よくよく見ると時折脈動するかのような鈍い光を放っている。

見抜いたとはいえ、その気体状物質の正体、目的は依然見当も付かない。まず考えられるのは、有毒瓦斯《ガス》の類。骸魔にしては凡庸な罠だが、忍びではない鷹千代には充分に有効である。

「どうしたのじゃ」

立ち止まった星牙に、鷹千代が目を覚ます。

幼君をかばいつつ、星牙は背中の太刀に手を掛ける。

不意に、何かが視界の端をよぎった。

赤い何か。鮮血よりもおぞましきもの。

ほんの一瞬。霧に覆われ、もう見えない。

だが、あれは確かに――

全方位に心気を凝らす。

毬の音。霧の中で、誰かが毬をついている。

そして、童女の歌う手毬唄。

　現かな　虚かな
　黄泉路は白い霧ばかり
　いえいえ霧ではありませぬ
　黄泉女神の下された
　常世の白い道しるべ
　御霊の波の道しるべ

「あれだ、あの歌だよ！」

鷹千代が恐怖の色を浮かべる、

「戦場跡で弓牙と聞いた。女の子が歌っているんだ」

ほほう、と星牙は面白そうに、

「こんな所で手毬とは、酔狂な童《わらわ》もいたものだ。尤も、人というより妖《よう》の類に近かろうがな」

妖《あや》しの歌は四方に響き、声の所在を摑ませぬ。

鷹千代を護って星牙は油断なく身構える。

歌はいつしか毬の音と共に途絶えていた。

正体不明の気体は、既に星牙と鷹千代を取り囲むように展開している。

加速して強硬突破するは容易いが、何しろ気体である。まったく触れずに通過するのは難しい。第一、鷹千代がいる。他者と一緒に加速することは出来ない。

集中するのだ――

霧の流れ、そして発光する白い気体の動きを読む。

集中、更に深く。心気を大気と一にする。

見えた――

白い気体の幅が薄くなっている部分がある。充分に跳び越せる幅であった。

有無を言わさず鷹千代を抱え上げ、跳躍する。

空中で己の描く放物線の頂点に達したとき、星牙は驚くべきものを見た。

「これは！」

白い気体がまるで意志あるものの如くに自ら動き、凄まじい速度で上方に高く持ち上がったのだ。

気体に包まれた星牙は、全身から急激に力が抜けていくのを感じ、垂直に落下した。それでも鷹千代だけは傷を負わさぬよう固く抱き締め、己の体で激突の衝撃を受け止める。

意識を失う寸前、星牙は霧の彼方で朧に立つ童女の影を見たように思った。いや、童女のあどけない笑い声さえ確かに聞いた。

地上に転がる星牙と鷹千代の体を舐め回すかのように、白い気体は暫くその場に蟠《わだかま》っていたが、やがて霧が晴れると共に、潮が引く如く退いていった。

一帯から霧が完全に消えたとき、星牙と鷹千代の姿もまた忽然と失われていたのであった。

二

──一面の闇であった。

生まれてこの方、闇より知らぬ。

忌まわしき妖物《ようぶつ》の棲家《すみか》。魑魅《ちみ》魍魎《もうりょう》の蠢く世界。

己は確かに彼等の眷属であった。

深海に棲む魚が地上の夢など見ぬ如く、闇に生を受けた者は光など想像もせぬ。

それがさだめであったのだ。

さだめに応じて赴く外界は、まるで明るさを感じられず、ひたすら闇と同じ陰惨な腐臭がするばかりであった。

さだめの求むるままに黙々と足を運ぶ。

何処までも続く黒また黒。暗黒を歩む道程は、永劫の責め苦とも、また無限の平穏とも思われた。

漸くに闇を抜けた。

闇を抜けて薄明、薄明を経てやがて白日の下に出た。

荒地を渡り、森に入った。

陽の射さぬ暗い森。また闇の始まりかと見えた。

しかしその森の暗さは、慣れ親しんだ闇とは違う感触を伴っていた。

なんだろう。

首を傾げる。分からない。幾ら考えても定かでない。

害意を持たぬ、柔らかな木々。生の歓喜を天に謝し、梢を思うさま伸ばしている。初めて
嗅ぐ甘やかな大気。土は命を守り育む温かさ。

一体これはなんなのだろう。

何日も森に潜んで機を窺いながら、一心に自問を繰り返す。

その答えを見出せぬ内に、機は光となってやって来た。

前方にぽつんと見える小さな光。

今だ。

走り出していた。目指す〈機〉がそれであると分かっていた。

初めは薄ぼんやりとしたものであった。

光は次第次第と大きくなって、それに従い眩《まばゆ》さを増す。

やがて視界全部に広がった。

強烈な光。輝ける世界。

思わず足を止める。

そこはまるで天上のような——

天上のようなオーロラの回廊で対峙する螢牙と帷虹之介。

聳え立つ光の壁が、その荘厳な輝きで螢牙を威圧する。

「心配しないで。あたしがついてる」

螢牙は背後にかばった真名姫に囁いた。

「大した自信だな」

虹之介が傲岸に笑う。

螢牙がフッと悲しげな表情を見せた。『螢火』を使うときに見せるあの表情を。

「『螢火』か。その恐ろしさは聞いておる」

虹之介が両手を素早く掲げる。

「危ないっ」

敵の意図を察知するや、螢牙は真名を突き飛ばした。

忽ちに螢牙を包む光の立方体。

「これは……零牙が閉じ込められたという光の檻ね」

「そうだ、機先を制するは忍びの鉄則。亜空間を使う零牙は逃したが、うぬには逃れられまい」

「その通り、あたしには無理。でもね、貴方を斃せばいい訳でしょ」

「なに？」

余りに平然とした物言いに、虹之介は耳を疑った。

如何に光牙最強の技の使い手であろうと、極熱光の檻に閉じ込められた身で、どうやって戦うというのか。

恐怖の余り気でも触れたか——

そう言おうとしたとき、虹之介は見た。ふわふわとした淡い発光体が、虹之介の張り巡らせた光の檻を次々と通り抜けて漂い出すのを。

「馬鹿なっ」

強力な熱量を持つ力場を易々と通過する物質があろうとは——

考えられぬことであった。しかし現に、無数の発光体は後から後から立方体より抜け出てくる。丁度、虫籠から逃げ出す微細な羽虫の如く。

光の立方体から広がって周囲に展開した発光体は、一見無秩序に浮遊しているかに見えて、確実に虹之介を目指して集まってきている。

最早疑いの余地はない。紛れもなくこれは『螢火』——仲間からの情報にあった光牙最強の機忍法である。

立方体は縮小を続けているが、小柄な螢牙の体積を下回るにはまだ少し時間がかかる。

迫り来る螢火を避けて虹之介は大きく後方に跳びすさった。

要は光の檻が完全に螢牙を押し潰すまで、螢火を躱していればよいだけの話。そうと思い至って、再び余裕を取り戻した。

「なるほど、恐るべき技よ。だが、拙者の隠形も捨てたものではないぞ」

虹ノ介はゆっくりと後ずさる。その姿が、背後のオーロラの壁に溶け込むように消えた。

(螢牙よ、拙者の居所、見抜いてみせるか)

答えの代わりに、光の立方体の中から聞こえてきたのは、あのクスクスという無邪気な笑い。

(何が可笑しい)

「だって、見抜く必要なんて、あたしにはないもの」

(なんだと)

「悪いけど、貴方、もう助からないわ」

虹之介は驚愕に目を見張る。オーロラを隔てて身を隠した彼の眼前に、一つ、二つ――七色の光の壁を擦り抜けて、淡い光が現われる。

彼は初めて恐怖した。『螢火』の真の恐ろしさを初めて悟った。

更に後方に跳んでオーロラのシールドを二重、三重に張り巡らせる。こうなれば時間の勝負。縮小する立方体が螢牙を焼き尽くすのが先か、己が螢火に捕まるのが先か。

『螢火』とのみ呼ばれる正体不明の発光体は、まるで障害物など無きが如く、強力なシールドを通過して次々と漂ってくる。

恐怖に駆られ、虹之介は必死に集中する。

その念に応じて縮まりゆく立方体。

シールドを抜けて刻々と数を増やしてゆく発光体。

総髪にした虹之介の広い額に、大粒の汗が浮かぶ。凄まじい集中に、全身に走る血管がすべて見て取れるほどに膨れ上がっていた。

骸魔六機忍、帷虹之介が全霊を上げて発する、極限までの気の圧迫に対し、光の檻に閉ざされた光牙の螢牙は抗し得るのか。

恐るべき攻防は、しかし僅かの間であった。

虹之介の体に螢火が一つ、取り付いた。瞬く間にそれは数を増し、虹之介の全身を覆い尽くす。

彼は無言の内に絶命した。

同時に天球樹の森を寸断していたすべてのオーロラが消滅する。螢牙を閉じ込めていた光の檻も。

「危なかった……」

螢牙は冷汗を拭う。余裕のある振りはしていたが、光の立方体の縮小がもう少し早ければ確実にやられていた。恐るべし骸魔六機忍、紙一重の差が勝負を分けた。

もう大丈夫よ——

振り返って真名にそう声をかけようとしたとき。

えっ――

背中に激痛が走った。

何者かの刃が、背後から螢牙を貫いていた。肉を裂き、内臓を抉るその一撃。

苦痛に呻きながら、ゆっくりと首を回して後ろを見る。

螢牙を刺した刃の主は、真名姫であった。

蠟面のように白く冷たいその表情。

真名は無言で刃を抜く。螢牙の血に濡れたそれは、亡き母の形見というあの朱鞘の懐剣。

衝撃と驚愕に、螢牙は声を失った。

「どうして……」

それだけ言って、螢牙は倒れた。

三

決して天上ではない、だが果てしなく天上に近い光の中。

木立に囲まれた花咲き乱れる広大な庭園で、一人の童女が無心に遊んでいる。

八歳くらいか。身につけた白い上等の打掛は領主の姫君に相応しく、可憐に眩しく光って見える。輝く瞳からは、彼女がその身に受けているであろう両親の愛が窺える。

陽だまりに囀《さえず》る鳥の声。それが幾重にも被さって、祝福を奏でる合唱のよう。少女の行く先、行く先に陽が当たって、そこは天使の集う楽園とも思えた。

周囲に侍女の姿はない。なんの憂いもなく幼い姫は両手一杯に花を摘む。歌を口ずさんでいるのか、その小さな唇が動いているのが見える。

木々の合間からじっと見つめる。愛らしい笑顔。愛らしい仕草。一切の穢れを知らぬ別世界の生命。そうだ、まさに別世界の存在だ。選ばれた特別の人だ。

その子は自分にないすべてのものを持ち、自分はその子が生涯無縁であるはずのすべてのものを持っている。

幼い姫がこちらを振り向く。木立の中から突然歩み出てきた見知らぬ者に目を丸くする。

が、次の瞬間、姫はにっこりと微笑んだ。

未だ疑いを知らぬ、幼くも無垢なる笑顔。

姫に向かってゆっくりと近付く。姫もこちらへと駆け出してくる。手を振り、何事かを呼びかけながら。新しい遊び友達を見つけた子供の、弾むような足取り。

その足が、間近で止まる。驚いて胸に抱えた花を取りこぼし、こちらをしげしげと見つめる。驚いたのはこちらが手にした短剣にではない。目の前にいる黒衣の相手が、見知らぬ者でないと悟ったから。

見知らぬどころか、最もよく見知った顔。見開かれた姫の瞳に映っているのは、黒衣を纏った自分自身の顔なのだから……


「私は……私は……」

倒れている螢牙に、真名姫は語りかける。

最初は口ごもるように、そして次には意を決したように。

「私は骸魔の陰忍《かげにん》。真名姫ではありません。いいえ、途中ですり替わった訳ではないのです。そうであるなら、鷹千代や皆様の目を欺くことは出来なかったでしょう。私は最初から真名姫だった。同時に最初から真名姫ではなかった。ずっとずっと、長い間」

〈陰忍〉とは、敵国、或いは敵の身近に入り込んで、長い年月をかけて周囲に溶け込みつつ指令を待つ、敵地に蒔《ま》かれた草の種の如き忍びを云う。

「骸魔の城攻めの際、手引きをしたのも私です。すべての兵力、すべての抜道、その他一切の情報を事前に伝えて……それが頭領の命令でした。忍びである貴女には分かるはず。貴女は御自身で仰いました、務めを果たすが忍びの掟と、それが何より大事なのだと。陰忍の私には、頭領のお指図は絶対なのです。六機忍さえ欺いた。彼等に殺される危険をも承知の上で」

真名は螢牙の側に跪《ひざまず》いて、

「私が真名姫様と入れ替わったのは、鷹千代が生まれてすぐの頃。母――いいえ、私が母とお呼びするのもおこがましいことは百も承知――王妃様がお隠れになった直後のことでした。母親の目で見れば、我が子かどうか、一目瞭然であったでしょうから」

その告白が螢牙に聞こえているかどうか。

それでも真名は、動かぬ螢牙に語り続ける、

「だから私が鷹千代に語った母の思い出はすべて嘘。私にはそんな思い出などあるはずはないのです。私には思い出なんてない……そう申し上げましたね。でも、鷹千代に語って聞かせる内に、私にもそれが本当の思い出であるかのように思えてきました。美しく、優しい母。亡くなられた王妃様は、きっとそんな方だったに違いありません。この懐剣は、本物です。本物の王妃様の形見です。私が持つのも申し訳ない、でも私には、母を知らない私には、本当の母の形見とさえ思えるのです」

真名の、いや、今日までずっと〈真名〉を演じていた少女の頬を、涙が伝う。悔恨か、苦悩か、絶望か——それらを遥かに超えた何かがもたらす一掬《いっきく》の涙である。

忍びを心底穢らわしく、忌まわしいものと嫌悪していた真名姫。その嫌悪は、実は忍びたる己自身に向けられたものであったのだ。

「私が最初に犯した罪。それが最も恐ろしい罪でした。謂わば私の原罪。生涯背負っていかねばならず、また死するとも決して贖うことの出来ぬ罪。私はこの手で、本当の真名姫様を……」

「分かってる……言わなくていいわ……」

螢牙がうっすらと目を開ける。

「螢牙様……」

「あたしは見たの」

「見た……？」

「貴女の記憶を……貴女があたしを刺したとき、伝わってきた……前に言ったよね、あたしには記憶を拾う力があるって……命の懸かったときに現われる力……」

「まさか……」

愕然としてかぶりを振る。

まさか——そんな——

「眩しいくらいの光……広いお庭……小鳥が鳴いてて……貴女が一人でお花を摘んでいた…

…いえ、あれは貴女じゃない、貴女はその子に近付いて……」

「おお！」

真名は思わず両手で口を覆う。

見られた！

螢牙にあのときの忌むべき行為を。幼子が幼子を殺す、浅ましい罪の光景を。

見られた……すべて見られてしまった！

「自分を責めないで……貴女は陰忍、自分ではどうしようもない……それが忍びのさだめなのだから」

「螢牙様！」

真名は夢中で螢牙を抱き起こす。

「螢牙様、信じて下さい、私にとって、貴女は初めて出来た友人だった、心から友と呼びたい人だった！　貴女に会って、私は初めて友の意味を知りました。貴女と一緒に旅をして、私が、どんなに、どんなに……」

「それも分かってる」

螢牙は弱々しく微笑んだ。

「記憶と一緒に、貴女の心も……」

そう、真名が今日までどんな思いで生きてきたか。姫と呼ばれ、崇められ、その実、姫ではない下賤の己をどんな目で見てきたか。

真名姫に化けて本物と入れ替わった彼女は、成長に従って少しずつ化身造顔の術を解き、やがて自分本来の顔を真名姫のものとして周囲に認めさせるに至った。

彼女はその生の殆どを〈真名姫〉として過ごしてきた。そしていつしか自分でも姫と生まれたことが真実であるかのように思い始めていた。

その一方で、忍びに生まれたさだめと掟は潜在意識の下に深く根付いて拭い去れぬ。

ならば自分は一体何者なのか。忍びなのか。姫なのか。

すべての人を欺き続ける苦しみと、高貴の姫と奉《たてまつ》られる喜びと。相反する二枚の自画像。

人には決して伝え得ぬ地獄の年月。その心の内を、螢牙はすべて悟っているのだ。

いいや、それだけでなく――

「貴女がどんなに鷹千代を……本当の弟のように思っているかも……」

「でも私は、鷹千代の本当の姉をこの手にかけ、今また螢牙様を……」

螢牙に取り縋り、嗚咽しながら顔を上げる。

「そうです、此度《こたび》の戦いには裏があります。鷹千代を殺すことなど骸魔にはいつでも出来た。でも光牙抹殺を企む無限王朝は、この戦いを利用して私を光牙に接近させようと謀ったのです」

流れ続ける螢牙の血。最早喋る力も残っていない。

忍びのさだめ。穢らわしくも抗えぬ運命の刻印。それが罪の理由になるのだろうか。真名は心に問う、なったとしても、自分はかけがえのないものをこの手で打ち壊してしまった。

かけがえのないもの。そう、〈友〉がそれに値するものだとは、破壊するまで気付かなかった。

罪も素姓も、そして痛みも悲しみも、自分の心のすべてを理解してくれている、それはまさに無二の親友。螢牙という人は、その人柄と、その技と、二つの意味で己にとって二人といるはずのない友であったのだ。

「ごめんなさい……螢牙様、私は……私は……」

「いいの……心の中を知らなくても、貴女は私を助けてくれたじゃない」

「あれは……あのときは……」

日蝕の幻術の中、真名は思わず螢牙を救っていた。螢牙を葬る好機であったに拘わらず。それは自分でも思いもかけぬ、まったく予想外の行為であった。

「分かってる」

螢牙は優しく繰り返した。そして、最後の気力を振り絞り、真名の手を握った。

「貴女に受け取って欲しいものがあるの」

「私に？」

「ええ、それも二つ……二つ、あるの……お願い、受け取って……ああ、私にはもう時間がない……急いで……」

「は、はい」

真名が頷いた途端。

目眩《めくるめ》く光景が脳裏に広がった。

学校。

四角い石造りの外観はそっくり同じ、だが骸魔の弄した穢らわしい幻術とはまるで違う。比較にさえなりはしない、輝きに満ちた清々しさよ。

——朝の光の中、慌ただしく門を潜る制服姿の少年少女。

——正面に長方形の黒い板のある小部屋でふざけ合う生徒達。

——小部屋の連なりを繋ぐ廊下を、生徒達が自由に行き交う。

——棟と棟とを繋ぐ渡り廊下を、軽やかに、或いは楚々と歩む少女達。

——絵具の染み付いた部屋で、四角い板に張られた白い布地に、生徒達がそれぞれ一心に思い思いの絵を描いている。隣の生徒の絵を覗き見ては、その出来の良さに感嘆し、己の絵に溜め息をつく。

——数段に別れて並んだ生徒達が、声を合わせて歌っている。聴いたこともない旋律。何処までも柔らかく、伸びやかに弾む声。心が高揚し、低音と高音が調和する。誰かが音を外し、合唱が途切れる。外した本人が照れ隠しにおどけて見せる。全員が思わず噴き出す。

——黒い板のある小部屋での午餐。三人、四人と固まって机を合わせ、持参の小箱を開けてついばむ。その箱に詰められた食材は、白、赤、緑、黄、色とりどりで夢の玩具と紛うばかりに可愛らしい。

――一日の課程が終了し、校庭は穏やかな夕陽に染まる。少年達は白線の引かれた四角い枠内で、白と黒の五角形の紋様がまだらに塗られた球を蹴って競っている。

――級友達に誘われるまま、近くの店で甘く冷たい菓子を購《あがな》い、細長い公共の椅子に並んで舐める。

――学校の前で。級友の一人が何事か声をかけ、小さな撮影機械を向ける。戯れていた皆が即座に寄り集まって笑顔を見せる。『証拠』。螢牙が大切にしていた写真のあの構図。

それは、螢牙の〈記憶〉であった。

なんと、なんと甘く、切なく、胸掻きむしられる光景か。

話に聞いただけで心弾む思いがしたあの〈世界〉を、今自分は目の当たりにしている。

それに、ああ、なんということだ――空が、空が青い！

実在した。闇ではない、光の世界が。

忍びの自分とは遠くかけ離れた、温かく、安息に満ちた日々の記憶。何物にも代え難い心の宝。そうだ、宝だ。それがあれば生きていける、黄金の山にも優る宝だ。

目眩《めまい》さえする、記憶の奔流。心は空の青さに吸い込まれ、歓喜の高みへと飛翔する。

想像した以上の、いや、自分の想像など遥かに凌駕する未知への郷愁。その恍惚と酩酊。

還りたい、あの世界へ。まだ見ぬ過去へ。

いつしか真名は滂沱《ぼうだ》と涙していた。

四

天球樹の森を遂に抜けて、零牙は平原を挟んで遠く連なる北の山脈を仰いだ。

そこは山岳民族が連合して勢力を張る領土。険阻な地形に加え、山の民の固い結束の前に無限王朝も手を出せずに放置している不可侵地帯である。

天球樹の森は相当の高度にある高台に位置しており、北の山脈の裾野に続く平原に降りるには、足許より続く階段状の洞窟を抜けていかねばならない。洞窟とも鍾乳洞とも見えるそれは、複雑に絡み合う天球樹の根の隙間であった。高台の端は断崖となって切れ落ちており、そこからはみ出した巨大な根が平原まで続いて自然の下降通路を形成しているのである。

零牙は背後の森を振り返る。

オーロラが消滅したということは、帷虹之介が死んだということだ。

斃したのは星牙か、螢牙か。

だが二人の、そして真名と鷹千代の安否は分からない。

天球樹の根が織り成す階段は、何処から降りようと平原のほぼ同じ地点に出ると聞く。ならばその出口で待つとしよう、そう判断して零牙は天然の階段へと足を踏み出した。胸に去来する様々な思いを振り切るように、決然と森を後にする。業牙の——友の眠る森を。

古来より森から平原へと抜ける通路として知られているだけあって、高さも幅も人が通れるくらいは充分にある。さすがに真っ直ぐとはいかず、右へ左へと曲がりくねってはいるが。所によっては一旦上へと登っていく箇所もある。足許は無論平坦ではあり得ない。

常人には歩き易いとは言い難いこの回廊を、零牙は飛ぶような速度で駆け下りる。

進むに従い、回廊は次第に広さを増していく。塹壕《ざんごう》のような隘路《あいろ》から家屋敷がすっぽりと入るほどの空間へ、そして丁度断崖の中間辺りで、遂には小城とも言える大空間となった。

巨大な木の根の狭間に現出した広大な奇観。無論自然の営為が造り出したもので、人の手に拠るものではない。にも拘わらず、空間を縦に貫く無数の太い根は、人為的に配された列柱のようにも見えた。幾重にも絡み合う根の隙間から差し込む外の光は、余りに微かで内部を隈なく照らすまでには到底至らず、かえって不気味の感を増している。

躊躇いもなく踏み入った零牙は、天然の大広間の半ばほどに至った地点で、おもむろに足を止めた。そして前方に広がる闇の奥に向かって敢然と名乗る、

「零牙参上」

光牙の三人を分断した天球樹の森での決戦。虹之介と怜門——業牙は斃《たお》れ、残る骸魔六機忍は一人。星牙か螢牙のどちらかが最後の一人を斃していたとしても、まだ頭領の死皇丸が残っている。仕掛けてくるとすれば、この回廊の何処かだろうと踏んでいた。

やはり、居た。

闇の奥に蠢く魑魅魍魎。その邪気と殺気とが、天然の空洞一杯に充満している。

(先だっては空蝉の挨拶にて無礼を致した)

闇より声。

闇が人の形に凝固して、法衣の美少年と変じた。

「骸魔死皇丸じゃ。案ずるな、この通り正真正銘の実体よ」

「ほう、子供とは思わなかったぞ」

死皇丸が唇を歪めて嗤った。真の邪悪が人の形となったもの。人というより魔に近い。それが込み上げる愉悦を抑えかねるように、

「うぬがここまで来たということは、即ち怜門、いや、業牙を斃したということだな。奴め、もう少しやると思うたが、口ほどでもなかったと見える」

その名を聞いて、零牙の顔色が変わった。それを死皇丸の悪魔の目は見逃さぬ。

「どうだ、旧友を斬った気分は。鉛の味か、それとも蜜の味か」

旧友。

――零牙か、お前にはいつも隙を見抜かれる。まったく油断のならぬ男よ。敵わんな。俺の心にずかりと入ってくるのは、零牙、仲間の内でもおまえだけだ。

「あの男は随分と役に立ってくれた。我等に踊らされておるとも知らずにな。だがいい加減潮時でもあった。片付けてくれて礼を言うぞ」

――光牙者の魂は、死ぬと本当の世界に帰るのだろうか、それともあの世とやらに行くの

だろうか。俺はあの世の方がいい。そこが地獄であってもだ。

「貴様を斬る」

背中の陽炎を摑んだ零牙に、

「急《せ》かずともよい。零牙よ、まずはこれを見い」

死皇丸の背後に、一条の光が閃いた。光源は定かでない。

光の中に浮かび上がったのは、円柱のように聳える太い木の根に鎖で縛り付けられた星牙と鷹千代の姿であった。

「星牙！　鷹千代！」

思わず大声で呼びかける。だが二人はぐったりとうなだれて、息があるかどうかすら分からない。

囚われの二人を取り巻くように姿を現わす骸魔の下忍。十人はいようか。

更に――

何処《いずこ》よりか、高らかに湧き起こる笑い声。漆黒の空間に反響するそれは、紛れもなく幼い子供のものであった。

「……なんだ？」

生死の境、忍びの戦場と化した魔境の空洞に、余りと言えば余りに場違いな笑い声。だがその声は、疑いようもない邪悪の気配を濃厚に含んでいた。

ぽん、ぽん、ぽん……

身構える零牙の前に、闇から転がる赤い毬一つ。

「毬……？」

血のように赤い毬は、ゆっくり大きく跳ねながら、再び闇へと沈んで消える。毬に替わって、闇より滲み出たかの如く小さな影が現われる。やはり子供、しかも女児であった。

柑子色《こうじいろ》の童直衣《わらわのうし》に長い金色《こんじき》の髪を左右に分けた垂髪の女童《めのわらわ》。白い小さな顔は精緻に彫られた雛人形のよう。妖しく端整にして人の血の通うものとは思われぬ。

女童は零牙に向かって傲然と名乗る。

「骸魔六機忍筆頭、魔妖女」

虚海

一

骸魔六機忍の筆頭。この童女が。

零牙ならずとも我が目、我が耳を疑うであろう。だがその整い過ぎた白い顔に浮かぶ邪悪の相が、何よりも雄弁に彼女の本性を示している。

「その姿……本当の歳ではないな」

零牙の呟きに、死皇丸が応える。

「当然よ。魔妖女は骸魔の参謀にしてこの死皇丸の後見役なのだからな。六機忍も殆どは魔妖女が育てたようなもの」

「これ死皇丸殿、如何《いか》な頭領と雖も、女子《おなご》の歳の話は御法度ですぞ」

「いや、これは迂闊、済まなんだ」

死皇丸と魔妖女が楽しげに笑う。法衣の美少年と童直衣の幼女。奇怪な取り合わせによる、この世ならぬ会話であった。

「零牙……」

意識を取り戻した星牙が呻き声を上げた。

「気を付けろ……そやつ、奇怪な技を使うぞ」

「星牙！」

駆け寄ろうとした零牙の前に、魔妖女が立ち塞がる。背恰好からは想像も付かぬ俊敏な動きであった。

「動くでない。動けば二人の命はないぞえ」

「おのれ……」

零牙は歯ぎしりしながら星牙に呼びかける。

「星牙、おまえほどの使い手が易々と捕らえられるとは、こいつは一体どんな術を使ったというのだ」

「慌てずともよい、望みとあらば見せて進ぜる。今すぐにな」

「なに」

「黄泉路へと続く御霊《みたま》の波の道しるべ——機忍法『霊殺波《れいさつは》』の恐ろしさ、確《しか》とその目で見るがよい」

そう言い放った魔妖女の背後をよぎる赤い影。

それは弾んで消える血に濡れた毬。

現かな　虚かな
黄泉路は白い霧ばかり

魔妖女が何かを口ずさむ。

黄泉女神の下された
常世の白い道しるべ

「唄か？」

「耳を澄ませてよう聴きや。うぬが最期への手向《たむ》けの歌じゃから喃《のう》」

その小さな体が痙攣《けいれん》するように細かく震え出した。

零牙は身構えたまま敵の異様な動きを見つめている。

激しく痙攣していた魔妖女の体が、弓形《ゆみなり》にのけ反る。やがて前へガクンとうなだれる魔妖女の首。その口から、うっすらと白い気体が流れ出した。

童女の口から流出した気体は、すぐに太く大きく広がって、大蛇のように空《くう》をのたくる。

エクトプラズム。霊体を物質化する際に発生する半物質である。

今、魔妖女が口から吐いているそれが、果たしてエクトプラズムと呼ばれる形質と同一のものかどうかは定かでない。しかし、それに似た〈何か〉であることは確かであろう。

魔妖女のエクトプラズムは、意志あるものの如くにスッと方向を変え、周囲を固めていた下忍達に向かった。

驚愕して跳び退《の》く下忍達。逃げ遅れた三人がエクトプラズムに呑み込まれた。彼等は苦悶に身を捩りながら次々と倒れる。忍び装束に包まれた肉体が見る見る内に枯木のように萎《しぼ》んでいく。水分、脂肪、蛋白質、そして生命の熱量。それらすべてが吸い取られたかの如く。下忍の衣装に肌が露出している部分が一切ないので、肉体が実際にどういう状態になっているか目で確かめる術はないが、まるで木乃伊《ミイラ》のように縮んでいることは想像に難くない。

運良く逃れた下忍達は、恐ろしげに三人の死体を見つめている。

死に至る瘴気『霊殺波』。

魔妖女が口からエクトプラズムを垂らしたまま、声を上げて笑った。白い半物質を含んだ口から漏れ出る声は、不気味にくぐもった響きであった。まるで千年も生きた老婆のような。

「見たか光牙者。生きとし生ける者すべてを黄泉へと導く『霊殺波』。これに呑まれた者は、忽ちに精気を吸い取られ、朽ちるが如く死に至る」

「貴様の若さの秘訣という奴か」

下忍達と同じく息を呑みつつも、零牙が諧謔を吐く。

冷酷無比。魔妖女はただ己の技を見せつけるためだけに下忍の命を無造作に使い捨てたのである。人に非ざる魔性の傲慢。まさに魔女、まさに妖怪。

零牙はぐったりと鎖に縛られた星牙に目を遣り、

「星牙はこれにやられたのか。なるほど、気体ならば『流れ星』でも逃れられぬ訳だ」

「安心じゃ。殺してしもうては人質の用は為さぬ故、威力を抑えて力を奪う程度にしておいた。が、それでもまだ暫くは足腰も立つまいて」

「確かに奇怪極まる技だ。しかし、俺には効かぬ」

「百も承知じゃ」

魔妖女は零牙に向き直る。

「亜空間を使うそなたには幾らでも逃れる術があろう。じゃが、動いてはならぬ。動けばこの者共から先に始末する」

「なんだと」

白いエクトプラズムがゆっくりと星牙と鷹千代の縛りつけられた円柱を取り巻いていく。

「うぬ……」

歯噛みする星牙。鷹千代は依然意識を失ったままである。

「さあ、大人しゅう『霊殺波』の餌食となれ」

零牙は鼻で笑うように、

「俺がこの身を差し出せば、仲間を助けてくれるとでも言うのか」

「我等の慈悲が信じられぬのも無理はない。その通り、忍びに慈悲などあるものか。なれど、我等にこの二人を利用した次の一手があるとすればどうじゃ」

「なに」

「利用価値のある限り、少なくとも今は殺しはせぬ。信じるも信じぬもそなたの自由」

さても恐ろしき選択肢を突きつけてくる。

「さあ、選ぶがよいぞ」

言うや否や、魔妖女のエクトプラズムが幾筋にも枝別れして零牙を襲う。

咄嗟に跳躍して躱したが、エクトプラズムはそれまでとは打って変わった速度で零牙の後を追尾する。

「むうっ！」

広間を形成する巨大な根を何度も蹴って宙を跳び、追って来るエクトプラズムを躱す。空間を縦横にのたうつエクトプラズムは、味方の下忍をも容赦なく呑み込みながら零牙を追う。

逃げ惑う下忍達が、次々とエクトプラズムの奔流に触れ、木乃伊と変じ、枯れ果てて死ぬ。

跳躍した零牙が虚空で身を捻り、倒立した体勢から魔妖女に向けて右手の指を突き出す。

「撃《げき》！」

敵の虚を衝く空中よりの狙撃。一条の細い白銀の光線は、うねる霊殺波を通過して魔妖女の眉間を貫いたかに見えた。否、確かに貫いた。衝撃に童女の髪は虚空に逆立ち、金色にはためいた。

しかし――

嗤っている、魔妖女が。

「いい腕じゃ。並の忍びなら今の一撃で即死であったに喃」

「貴様、わざと受けたな」

　着地した零牙が、屈辱の声を漏らす。

　零牙の放った光線の熱量は、魔妖女の周囲を取り巻く霊殺波にその大部分を吸収されていたのだ。とは言え、敵の狙撃にわざと己の頭部を晒してみせるとはなんたる余裕か。

「ならば、これは！」

　交差させた両腕を振り上げる。唸りを上げて回転する二枚の十字手裏剣が、気体である霊殺波を擦り抜けて魔妖女の喉と額に深々と突き刺さった。

　今度こそ致命傷。零牙にも、そして星牙にもそう見えた。

　だが金色の髪の童女は平然と立っている。

「物理攻撃で来たか。よい思い付きと褒めてやりたい処じゃが……」

　魔妖女が片手で己の喉と額に突き立った手裏剣を、一本ずつゆっくりと引き抜いて足許に捨てる。

「化物め……」

　囚われの星牙が思わず漏らす。

　なんたること――手裏剣の刺さった痕に開いた赤い傷口が、見る見る内に閉じていく。

「この魔妖女こそ黄泉女神が化身。光牙の技如きで神の身に傷一つ付けられるものかえ」

　零牙は声も策も失った。邪悪に嗤う眼前の幼子が、本当に黄泉の国に棲まう女神の化身であるというのか。

「うぬほどの男でも、やはり己の命が惜しいと見える」

死皇丸が嘲笑う。

「恥じることはない、忍びとしてはそれが当然。だが零牙よ、魔妖女が言うた通り、うぬが逃げ続けておるとどうなるか」

星牙と鷹千代を包囲したエクトプラズムが、その範囲を狭める。白く不気味に発光する気体は、今や星牙の鼻先にまで迫っていた。

「ほほほ、諸行無常、この女忍者の美しい顔が、老いさらばえてどのように変貌するか、零牙よ、その目で見たいと申すかえ」

幼女の目が嗜虐の底光りを放つ。

「美しい者ほどその死に様は目を背けたくなるほど無残なもの。誇り高くして、氷のように冷たく澄ましおるこの女が醜く変わり果てる様は、さぞ見物であろうなあ」

「外道……」

零牙がやむなく動きを止める。その周囲を忽ち網の目状に包囲するエクトプラズム。最早逃げ場はない。ただ一つ、亜空間を除いては。

「ようし、そのままじゃ、そのまま良い子にしておれよ。動くでないぞ。もし亜空間を開く素振りでも見せれば、『霊殺波』がすぐに仲間を呑み込むぞえ」

為す術もなく立ち尽くす零牙に、エクトプラズムがじわりじわりと迫り来る。

星牙は歯ぎしりしながら見守っている。自分のことなど構うな、その悪鬼共を斬れ——そう叫びたかった。だが自分の横には鷹千代も一緒に縛られている。そのあどけない命を救う術は何もないのか。

薄笑いを浮かべる魔妖女。そして骸魔死皇丸。

絶体絶命。零牙の命もこれまでかと思われたが――

薄闇の室内に、小さい光の粒が漂ってきた。

螢のように淡く、儚く、切ない光。

いつの間に、何処からか――

漂い流れる無数の光が広がって、たゆたう白い気体の合間を縫って艶《あで》やかに散開し――

その一つが魔妖女の丸い頬に貼り付いた。

魔妖女が悲鳴を上げる。エクトプラズムが途切れ、霧のように消滅した。

「螢牙か！」

喜色を現わす零牙と星牙。

乱舞する光の中に姿を現わしたのは、しかし螢牙ではなかった。

真名であった。

愕然として声を失う光牙の二人。

頬を押さえながら魔妖女が呻く、

「裏切ったな……」

その頬から、醜い皺が見る見る内に顔全体に広がっていく。

た。

「機忍法『螢火』……悪うに思《おぼ》し召されますな、貴女様はもう助かりませぬ」

螢牙がいまわの際に真名に託したのは、『記憶』と、そしてもう一つ――『螢火』であった。

魔妖女の全身に纏わり付く螢火の光。

不死身の魔妖女もこれで最期と思われたが、

「……あやつ、笑っておるぞ」

うわずる声で星牙が言った。

その通り、魔妖女は嗤っている。

「聞かなんだか、この身は黄泉女神の化身と申したはず」

魔妖女は頬に貼り付いた螢火を片手で無造作に引き剝がした。

握った掌から漏れる螢の光と共に、魔妖女の腕に皺が拡がっていく。だが魔妖女は何等動じる気配もなく、その拳に力を入れてぐっと握り締めた。光は呆気なく消えて、腕に拡がった皺が急速に治癒していく。顔に拡がった皺も、元通り瑞々しい子供の肌に戻っていた。

「まさか……」

零牙と星牙が絶句する――光牙最強の『螢火』さえ通じぬとは。

「音に聞く光牙最強の技とはこの程度か。とんだ虚仮威《こけおど》しよ喃」

傲然とうそぶく魔妖女の全身を、螢火が一斉に押し包む。

しかし貼り付いた螢火は、端から光を失って、最早魔妖女に何等の変化をもたらさぬ。

『螢火』か、その名の通り、か弱い光じゃ」

魔妖女はずいと真名に向き直り、

「さて、裏切りの始末、どうつけてくれようぞ」

その圧倒的な妖気の前に、無防備に立つ真名の姿は如何にもか弱く、風前の灯《ともしび》といった体《てい》。

しかし彼女は少しの動揺も見せず、静かに言った。

「魔妖女様、螢火はまだ消えてはおりませぬ」

「なんと申す？」

「御覧なさいませ、螢火が騒いでおります。どうやら、真の獲物を捉えたよう」

その言葉の通り、空中を無秩序に漂っていた螢火が、魔妖女の周辺を離れ、一斉にある方向へと流れていく。

魔妖女の顔色が変わった。

螢火の移動に連れて、闇の一隅が淡い光に照らし出される。その向かう先――螢火が一斉に群がったのは、闇に隠れた毬であった。

毬は生あるものの如く自ら跳ねて逃れようとするが、周囲は既に散開した光の粒子に包まれていた。

煌き渦巻く無限の光は、さながら宇宙の星々のよう。

「待ちや！」

魔妖女は必死の形相で毬を守らんと跳躍するが、間に合わない。

飛び跳ねる毬は追ってきた螢火の群れに忽ち取り付かれた。同時に魔妖女が悲鳴を上げる。

「そうか！」

零牙が声を発した。

「命の本体は毬の方だったのか」

瞬く間に赤い毬を覆い尽くす螢火。

それに応じて、魔妖女の全身に醜い皺が拡がっていく。

苦悶にのたうち回る魔妖女。尋常の者ならとっくに即死しているはずだが、さすがと言うべきか、この怪忍は未だ持ち堪《こた》えている。

「これが『螢火』の真価。お覚悟あれ、何人《なにびと》であろうとも一度螢の送り火に送られたが最後、もう決して助かりませぬ」

真名は淡々と告げる。

魔妖女は既に幼子の姿ではなかった。子供の体軀のまま、その肌、その顔は、醜い蝦蟇《がま》を思わせる老婆と化していた。

それでも、なお――

「なんの、まだまだ」

今や幼女ならぬ老女と化した魔妖女は、依然として嗤っている。それまでの余裕の笑いとは違う、憎悪に満ちた執念の笑い。

「小娘が、この魔妖女を侮るまいぞ」

毬を覆った螢火が一際強烈な閃光を放った。

いや、違う。光を発したのは螢火ではなく、毬の方であった。

赤く禍々しい閃光。その光に、大半の螢火が消し飛んだ。

同時に、魔妖女の肌が若さを取り戻す。その再生速度は更に倍加している。

真名は些かの怖れをも見せてはいない。微かな笑みと共に、唇にかざした掌にふっと息を吹きかける。その儚げな笑みは、その切なげな吐息は、まさに螢牙の――

虚空に散布された螢火は、途切れることなく毬を追い、怯むことなく押し包む。

再び老化を始める魔妖女の体軀。

「おのれ！」

老婆の気合一閃、またも毬から一掃される螢火。魔妖女の体表が再生を開始する。

恐るべき攻防であった。

飛び跳ねながら閃光を発して螢火を殲滅する毬と、後から後から出現して毬を追う螢火と。

その都度、魔妖女の肌は老化と再生を繰り返す。

戦いは互角に見えて、魔妖女はじりじりと位置を変えている。妄執の笑みが凄味を増した。

間もなく真名は魔妖女の攻撃射程圏内に入る。一瞬で相手に致命傷を与え得る距離である。

それこそが忍びの駆け引き。老獪さでは魔妖女に一日《いちじつ》の、いや一千年の長がある。

「光牙の技など敵に非ず、骸魔機忍法こそ無敵！」

魔妖女が遂に叫んだ。その肌は再生の度合が老化速度を上回り、殆ど原型を回復していた。

「それはどうかな」

飄々とした声。零牙であった。

裾を翻して振り向いた魔妖女に、

「からくりの概要は割れているのだ。そんな技にもう意味はない」

「これが悪足掻きと申すかえ」

「その毬が貴様の命の根源なのだろう？　ならば毬からの通信波を遮断すればいいまでの話」

魔妖女が呪詛とも断末魔とも聞こえる叫びを上げた。毬が高く遠くへ跳ぶ。それより疾《はや》く、跳躍した零牙が毬の逃げる先の空間を斬っていた。

軌道を修正する暇もなく、毬は虚空に開いた裂け目に飛び込み、消えた。

「大事な毬が転がり落ちた先は亜空の彼方。毬との相互連絡は断ち切られた。そうだ、文字通り貴様の命脈を断ったのだ。貴様の命は最早この〈世〉の何処にもない」

魔妖女の体が急激に老化していく。

「どうする、優しい頭領に新しい毬でも買って貰うか」

「口惜しや……」

白髪と化した髪さえ抜け落ちた魔妖女は、最後の執念で真名に摑みかからんとする。

その手が真名に及ぶ寸前。無数の螢火が魔妖女の全身に取り付いた。

「オオオ……」

　ばたりと倒れ伏す魔妖女。

「死皇丸殿、お許し下され……魔妖女、御役目果たさずして逝きまする……」

　その体は木乃伊となり、骸骨となり、遂には灰となって消えた。

　言語を絶する、希代の怪忍の死に様よ。

　真名は次いで死皇丸に向かい、

「御頭領《おん》、お覚悟を」

　死の光の乱舞する中で、死皇丸はそれを些《いささ》かも意に介する様子を見せず、依然として薄笑いを浮かべている。

「『螢火』と申したか、その技、わしには効かぬ」

「えっ」

　真名に構わず、死皇丸は零牙を見据え、

「裏切り者の始末などいつでも出来る。零牙よ、その前に、うぬとの決着だけは付けておきたい。その理由……理由はな、このわしの技にある」

　死皇丸の背後の空間が裂け、亜空間が口を開けた。死皇丸は素早く後ずさるように亜空間に姿を消す。彼の最後の言葉だけが通常空間に残った。

（一足先に虚海で待っておるぞ）

　真名も、星牙も、驚きに声を失っている。

骸魔の頭領、死皇丸もまた亜空間を使う忍びであったとは。

ならば螢火が通じぬも道理。現に死皇丸は死の光に満ちた空間から逃れてみせた。

「面白い。今行くぞ死皇丸」

零牙が背中の陽炎を引き抜いた。

「待て零牙っ」

星牙が叫んだとき、零牙の姿は既に通常空間にはなかった。

二

『虚海』。すべての物質が負の質量を持ち、光速以上で駆け巡る、負の熱量で満たされた空間。

天球樹の根が作り出した大広間も、呆然とそこに佇む真名も、縛り付けられた星牙と鷹千代も、周囲の景色は何もかも水中のように揺らいで見える。虚海とは通常空間と重なり合って存在する世界なのだ。

水の中を泳ぐように、虚海を移動する。目の前に巨大な根の円柱が迫ってきたが、構わずに直進する。零牙の体はなんの抵抗もなく円柱を擦り抜ける。

常人が虚海に入れば瞬時に体温を奪われて凍死する。零牙は一定の時間に限り、この空間にとどまる能力を持つ。その時間を過ぎれば、零牙は死ぬ。氷の海で溺れるように。

移動しながら周囲を見回す。死皇丸の姿はない。巨木の根の中に潜ったか、それとも根を突き抜けて外の空中に出たか。

或いは――虚海で隠形の術に相当するような技が使えるというのか。

自ら敵を虚海に誘ったのは、そこでの能力に絶大な自信を持つ故であろう。それは果たして如何なるものか。単純に零牙が耐え得る以上に虚海にとどまれるだけだとしても、それは圧倒的に有利となる。水の中で息の続かなかった方が先に溺れ死ぬようなものであるから。

(零牙よ……わしの居場所が摑めぬようだな)

死皇丸の声がする。だが——何処だ。

物体や地面の中に入り込めば視界はない上に、固体の中にいる状態で通常空間に出たら即死は免れない。つまり、虚海では土中に潜るも空中に登るも自在だが、土中で息が切れればそれまでだし、何もない高空で亜空間を出れば墜死する。

零牙は焦る。

敵は、死皇丸は何処にいる——

広間を天井まで上昇し、巨木の織り成す屋根にずぶずぶと入り込む。心気を凝らすが木中に死皇丸の気配はない。やがて木の中を抜けて外に出る。空《くう》を掻いてさらに上昇してみる。零牙の体軀が灰色の空を浮遊する。

高台に聳える天球樹の森。垂直の断崖から突き出して複雑に絡み合い遥か下の大地にまで届く根の回廊。壮大な奇観が水中花の如く揺らめきつつ一望の下にある。だがその俯瞰《ふかん》の限りにも死皇丸の姿は見当たらない。

巨木の根に再突入して再び元の場所に戻る。

完璧なる隠形であった。その一点を以てしても敵は零牙の能力を遥かに凌駕する。

限界が近付いていた。一旦通常空間に戻るしかない。零牙は陽炎で空間を裂く。

しかし——

なんということか、空間は裂いた端から閃光を発して閉じてゆくではないか。

「これはっ」

己が目を疑わずにはいられない。信じ難い現象であった。敵はそこまで人智を超えた力を持つのか。

今や零牙は虚海に閉じ込められていた。死皇丸を斃さぬ限り通常空間には戻れない。滞虚限界は目前に迫っている。

(虚海はわしの産湯《うぶゆ》のようなもの……虚海にあってはわしは無敵、その森羅万象を司る。唯一、弓牙の『次元弓』のみが我が死命を制する怖れがあった。それ故《ゆえ》怜門——業牙に命じて弓牙を先に始末させたのよ)

姿なき死皇丸の哄笑が虚海に轟く。

(あの男は役に立ったが、忍びとしては所詮欠陥品……惰弱なまでの女への未練、見苦しき限りよ)

未練……未練か。

——『記憶』の中では、俺は『人』になる。分かるか、『人』だ。

——『情』を知り『真心』に触れ会う。それが『人』だ。それを想うだけで、胸に安らかな何かが満ちてくるのだ。

(そう、未練。それ故に彼奴は知らずして我等に操られる傀儡と成り果てた)

「言うな！」

その嘲笑に、零牙は激しい怒りを見せて静止する。

業牙は——業牙は、誰よりも〈人〉であった——

人であるが故に、邪悪の罠に落ちた。それは確かに忍びとしてあるまじき不覚。

だが。

「人の記憶を弄《もてあそ》び、人の心を利用して、挙句、無慈悲に踏み躙《にじ》る。悪鬼共よ、俺は決して貴様等を許さぬ」

（ほほう）

「死皇丸、人の心を持たぬ骸魔には分からぬであろう、俺達は貴様が嘲笑《わら》う未練に生きる。本当の世界への憧れを胸に抱きつつ戦う。記憶こそが俺達の力の源なのだ」

（笑止。敗者の理《ことわり》か）

「敗者となるは、死皇丸、貴様の方だ」

零牙が陽炎を床に突き立てる。迸る陽子の煌き。

決死の秘策。零牙は己の神経、己の感覚を陽子の流れに同一化させたのだ。無限の解放感にも似たその感覚は、しかし、零牙に凄まじい負荷を与え、消耗を強いる。滞虚限界の間際にある零牙は果たしてそれに耐え得るのか。

待っておれ——今見つけてやるぞ——

拡散する零牙の陽子。視界が急速に昏くなる。

まだ――まだやれる――

意識が今にも途切れそうだった。体中のすべての血が失われていくように、零牙の生命熱量が刻々と減少していく。

虚無の果てで、業牙が笑っていた。

彼は傍らの小柄な人影に向かって何事か囁いている。零牙が見たこともない屈託のない笑顔で。業牙の囁きに、人影は幸せそうに微笑み返す。

――業牙よ、そこが本当の世界なのか。

――業牙よ、貴様はとうとう帰れたのか。

――業牙よ、やっと会えたのだな、愛する女《ひと》に。

――業牙よ、その笑顔、もっと前に見たかったぞ。

そして、業牙の背後に広がる見知らぬ街並。甘美な陶酔に満ちた目眩く幻の影。

業牙の声が聞こえたような気がした。

零牙よ、おまえは次元の狭間を飛翔する忍びではなかったのか。ゼロの座標は、おまえの死に場所ではない。おまえが反撃の牙を剝く場所だ――

そうだったな、業牙。

零牙は最後の力で陽子を操り、集中する。

あった――

陽子の網に微かな波紋。

水中の如く揺らぐ大広間に波紋が広がり、死皇丸の法衣姿が露《あらわ》となった。

「そこだ!」

「これは……」

人外の美形は戸惑いに似た色を浮かべている。

「虚無の隠形、破ったぞ」

死皇丸は改めて興味深そうに零牙を眺める。

「さすが伝説の忍び、といった処か。無限王朝がうぬらを怖れるのも腑に落ちる」

そして改まった口調で、

「聞け、零牙。我等にとっては、浦路公の遺児なぞどうでもよい。真の狙いは、うぬら光牙の殲滅よ」

「なに?」

「光牙の本拠、総数、技その他の詳細を調べ上げ、一人残らず根絶やしにする。そのために浦路公の元に送り込んであった陰忍をうぬらに接触させたのだ。今は真名姫と名乗りおる陰忍をな」

衝撃に呆然と呻く。

「そうか……そういうことだったのか……」

魔妖女と死皇丸は、真名を〈裏切り者〉と呼んだ。『螢火』を使う真名を。

朦朧とした頭蓋の中で、すべてが繋がる。螢牙はもう生きてはいまい。

「古戦場での日蝕、覚えておろう。あのとき、敢えて鷹千代を見逃したのも同じこと。幼君にはまだ生きていて貰わねばならなんだからの」

新たな怒り、それに疑問が湧き上がる。

「貴様等骸魔も忍びならば、別の世界から来たのであろう。なのに何故無限王朝の走狗に成り果てた」

「簡単だ。我等にはこの世界が心地好い。この闇の世界が楽しゅうてならぬ。それだけの話よ。無限王朝は我等に殺戮を許し給う。物分かりのよい権力もあったもの。無限王朝に逆らいさえしなければ、我等はこの世界で恣《ほしいまま》に出来るのだ」

死皇丸はうそぶいた。そして嘲笑した。それは人の言葉ではなかった。心を持つ人に言える言葉ではなかった。美しき純粋悪が、すべての人の営為を嗤う。

「許さぬ」

虚海を一気に泳ぎ渡り、陽炎で死皇丸に斬りかかる。

「遅い」

法衣の下から抜いた短剣で、零牙の太刀を軽々と受け止める。

「下郎、その程度で図に乗るか」

死皇丸の短剣が閃光を放った。

虚海を満たす負の熱量の電子が渦を巻いたように感じられた。視界が完全に滅失する。感覚が麻痺し、零牙の体はまさしく渦に呑み込まれたように後方へ吹き飛ばされた。己の方向、立ち位置の感覚さえ失われて姿勢すら制御出来ない。

「その様はどうだ。神経の流れを断たれては、最早防御も攻撃もなるまい」

零牙が身を捩って苦悶する。呼吸、その他すべての機能不全。滞虚限界は疾《と》うに過ぎつつあった。

二撃、三撃——死皇丸の放つ閃光が立て続けに零牙を襲う。

全身の神経が引き裂かれるような激痛。肺から殆どの酸素が搾り取られ、最早声も出ない。

「ここが虚海の直中《ただなか》ということを忘れておったか。とどめを刺すまでもない、得意の技に溺れて死ぬがいい」

螢牙は死んだ。本当の世界の記憶を持つ螢牙が。光牙の心の拠り所はまた一つ失われた。

螢牙は、弓牙は、志半ばで斃れた光牙の仲間は、皆どんな思いで死んでいったのか。

それだけではない、今ここで自分が斃れれば、鷹千代の命もまた——

もがきながら、零牙が左手で何かを取り出す。

両端の尖った黒く短い独鈷。

死皇丸が目を見張る。

「それは……」

「そうだ、『陰火』だ」

最早死相と言ってもいい顔に、零牙は持ち前の不敵な笑みを浮かべる。

「業牙の死と共にただの鉄となった陰火を、形見と思うて持っていた。虚海に長くとどまったため、負熱量の電子を存分に吸って、漸く電子を操る力を取り戻したのだ。この手の中で、電子が弾けて蠢いているぞ」

「まさか、うぬは」

「その通り、これが俺の切札よ。命懸けの策ではあったが、自ら虚海に誘うような敵には、これくらいの用意がなければな。死皇丸、貴様が操った業牙があの世で待っているぞ」

そう口にしてから自分の言葉に笑ってしまう。

「いや、違うな……貴様が往くのは業牙と同じ世界であるはずはない。地獄でも何処でもない場所よ」

「おお……」

恐怖をその顔に刻んだ死皇丸が虚海を後ずさる。

零牙は両手に陽炎と陰火とを構えた。見えるはずのないその目、いや心の目で、敵の位置を確と捉えているかのように。

「我等は夜の淵より出《い》で、光の牙にて闇を裂く」

激情を殺した静謐の文言。一言一句に込められた零牙の決意と覚悟。それはすべての光牙忍者の、いや、すべての人の代言であった。

「やめろ！」

「骸魔死皇丸！　虚無の果てのそのまた虚無、覗いてみるか」

　手にした陽炎の刀身と陰火とを交差させる。

爆発する閃光。虚海を満たす負の熱量の電子が、陰火の生む通常電子と出会って陽電子が生成され、絶え間ない対消滅を起こす。

衝撃波の中、零牙は交差させた二本の刃で死皇丸を——彼の存在する空間を、斬る。

「虚無の内にて虚無を斬る——それが光の牙と知れ！」

死皇丸が絶叫する。

虚海の中で更に切り裂かれた空間。その裂け目に、死皇丸は消えた。

三

満身創痍となって通常空間で実体化した零牙に、真名によって戒めを解かれた星牙が駆け寄った。

「零牙！」

ズタズタに裂けた忍び装束。引き千切れた忍風布。全身から滴る血。

星牙はその有り様を一瞥し、

「酷いなりだな」

「まあな」

「死皇丸は」

「人には往けぬ処へ往った。後は知らん」

彼の手にする陰火に気付いた星牙は、その意味を察したらしく、

「無茶をする」

「他に手はなかった」

零牙は己の手の中の陰火を見つめ、

「あいつが……業牙が手を貸してくれたような気がする」

「業牙が？」

「ああ。そうでなければ、俺に陰火は使えなかった」

零牙の顔に浮かぶ哀切の色に、星牙はそれ以上の質問をやめた。

「それより、鷹千代は」

「無事だ。まだ気を失ったままだがな」

「そうか。今はむしろ幸いと言うべきだろうな」

そして零牙は、背後に立つ真名を振り返った。

彼の視線の重さに耐えかねたか、真名は深くうなだれた。

「奴等はおまえを裏切り者と呼んだ。そしておまえが使った『螢火』の術。何があったか、大方の察しは付く」

贖《あがな》い切れぬ己の罪。悔やみ切れぬ悲痛の念。

躊躇はない。咄嗟に真名は、朱鞘の懐剣を抜き払って己の喉を突いた。懐剣の切っ先は、陰忍の白い喉を貫いた。

……貫いたはずだった。

真名は愕然と手中を見る。

両の手に握った懐剣は消えていた。

狼狽する真名の後方で声がした。

「おまえに死など許されるものか」

前方にいたはずの星牙であった。

機忍法『流れ星』。真名が喉を突く寸前に加速して、その手からいとも容易く懐剣をもぎ取ったのだ。

否、容易くはなかったろう。星牙の気息は大きく乱れ、深い消耗に肩が揺れていた。威力が抑えられていたとはいえ、魔妖女の『霊殺波』を浴びている。技を使うどころか、立っているのもやっとのはず。

にも拘わらず、星牙は平然と加速を果たしてみせた。

己の疲弊を決して面上に出さぬ鉄壁の自尊心。その無表情で、懐剣を真名の足許に放って寄越す。

鈍い音がして、懐剣は床を成す木の根に突き立った。

「お願いです、私を御成敗下さいまし」

「聞こえなんだか。おまえに死は許されぬ」

星牙が冷ややかに繰り返す。

「では、どうしろと……」

星牙は無言。

「どうしろと仰いますのか！」

真名の悲痛な叫びは、反響もなく木の洞に吸い込まれる。

「お願いです、お教え下さいまし！」

堪《こら》え切れず、身を折って崩れ落ちる。

その眼前で、懐剣が鈍い光を放っていた。

偽りの証し。己にはなんの縁もないどころか、正統の持ち主を己が殺《あや》めた。持つことさえも許されぬ、貴い人の形見であった。

今日まで肌身離さず大切に持っていた刃の光が、今はただ恐慌と慟哭のみを誘う。

「生きるのだ」

陰忍ははっと顔を上げる。

零牙であった。

「そんな、私は」

「螢牙がおまえに託したのは『螢火』の術だけではあるまい」

「……はい」

真名は遠い何かを見つめるように、

「私が受け取ったのは『螢火』の術ともう一つ……『記憶』です」

「『螢火』と『記憶』。どちらも二つとない光牙の宝。それを螢牙がおまえに与えたは、つまりおまえを生かさんとてに違いない。螢牙の遺志は、俺達にも無下には出来ぬ」

沈着に見えた零牙の顔が、一瞬、隠し難い苦悶に歪む。今はまだ底さえ知れぬ喪失の想いに。

「おまえには生きる義務があるのだ。それがおまえの新たなさだめと知るがいい」

「そんな……そんな……」

「分からぬか」

身悶えする陰忍に、零牙は何処までも深い声。

「螢牙はおまえを許し、そして信じたのだ——〈友〉として」

「あ……」

見開かれた双眸に、珠《たま》のような水滴が宿った。熱い涙は堰を切ったように真名の白い頬を伝って、後から後から零《こぼ》れ落ちる。

込み上げる嗚咽。抑えようとも抑え切れぬ。

零牙と星牙は黙ってそれを見つめている。

やがて陰忍は、懸命に嗚咽を堪《こら》えながら、

「私の……私の本当の名は……」

「それを言う必要はない」

零牙が遮る。

「え……?」

「螢牙の『記憶』を持ち、『螢火』の術を使う者——それ即ち光牙の螢牙よ」

真名は一際大きく目を見開く。

「螢牙はおまえにすべてを託した。今日からはおまえが螢牙だ」

優しく、力強く。零牙はきっぱりと言った。
星牙もまた深く頷く。
溢れる涙は、堰き止めることなど叶わぬように流れ続ける。
『記憶』の中で、螢牙が笑っている。
遠く、懐かしいその笑顔。
よかったね……帰ろう、一緒に……本当の世界へ……

四

別れの時がやって来た。

北の山脈の外れに広がる雄大な裾野で、零牙達は部族連合国境警備軍の一隊と相対していた。

兵の打ち鳴らす太鼓が山野の澄んだ空気に響き渡る。山岳部族の送別の儀であった。見送らるるは、零牙、星牙、そして、山の民の清楚にして鮮明な緑の民族衣装に身を包んだ真名姫。

獣の毛皮を着込んだ兵と同じく、鷹千代も毛皮の上着を羽織って見送りの部隊に混じっている。

「ここまでの道程、さぞ困難であったろうに、よくぞ無事に鷹千代君《ぎみ》をお連れ下さった。その辛苦は察するに余りあり、北方全部族を代表して、心から礼を申し上げる」

部族連合の評議会から全権委任の使者として派遣された高官が、賛嘆の念と共に零牙と星牙に向かって深々と頭を下げる。それと同時に、警護の兵達が手にした槍の石突で一斉に地を叩き、敬礼した。

「鷹千代君は確かにお預かり申す。そして、必ずや民の指導者に相応しき人物にお育てすることを約束する。我等部族の祖先に誓って」

「そう言って貰えれば安心だ」

零牙が軽く頷いてみせる。

真名は鷹千代に向かって微笑んだ。

「お別れよ、鷹千代」

泣くまい、涙を見せるまいと、鷹千代は必死に堪《こら》えながら真名姫の元に駆け寄って、

「姉上、どうして姉上まで行ってしまうの？　鷹千代を置いて行ってしまうの？」

「私はこの人達と一緒に参ります。それは私のたっての願い。評議会の方々にも御同意を戴きました。私は、此度《こたび》の戦いで亡くなられた螢牙様や弓牙様のように、悪と戦うための力になろうと決意したのです」

「だったら鷹千代も一緒に行く」

「貴方は駄目」

「どうして」

「貴方にはね、滅んだ国を再建するという大事な責任があるの。だから一緒には行けない。分かって頂戴、私だって鷹千代と別れたくない。でも私達には、それぞれやらなければならないことがたくさんあるのよ」

「姉上……」

真名は優しく鷹千代を抱擁し、

「泣かないで、鷹千代……これから貴方は強く生きていかねばならない。たとえ何処にいようと私は……私はいつでもあなたを見守っているわ」

「本当か」

「ええ、本当よ」

いよいよ泣くかと思われた。だが鷹千代はもう泣かなかった。黙って目許を拭い、ただこくんと頷いた。

ほう、と星牙が目を見張る。小僧、少しは強くなったか——

「鷹千代は、もう泣かぬ。弓牙と約束したのじゃ。弓牙が命を懸けて鷹千代に教えてくれたのじゃ。鷹千代は、きっと勇気を手に入れて、弓牙のように強うなる。きっと、きっとじゃ」

零牙が真名の後ろに立った。

顔を上げた鷹千代は、はっきりと、大きな声で礼を言う。

「ありがとう、零牙、星牙。姉上と鷹千代を守ってくれて。それに、弓牙と螢牙にも。鷹千代は……鷹千代は……」

込み上げるものにさすがに堪《こら》えかねたか、鷹千代が俯く。零牙は黙ってそれを見守っている。

やがてきっぱりと顔を上げた鷹千代が、

「鷹千代は、弓牙も螢牙も本当の兄や姉のような気がしておった。兄上や姉上が一度に増えたように思えて嬉しかった。弓牙のことも、螢牙のことも、鷹千代は決して忘れはせぬ」

「よく言ってくれた。あの二人もきっと喜んでいるだろう」

「そう……思うか？」

「ああ、この目に浮かぶようだ」

　鷹千代が、涙ぐんだまま笑った。

　その笑顔に、零牙は力強く頷いて、

「心から助けが欲しいと思ったなら、いつでも俺達を呼ぶがいい。俺達はいつでもやって来る。それが光牙——光の牙を持つ忍びよ」

「零牙……」

　己を見上げる少年の目に、零牙は笑みを見せた。ずっと昔から知っていたような、それでいて見る度に心震えるようなあの不敵な笑みを。

　そして二人の光牙者と真名姫は、折から吹き出した風の中を飄然と去っていった。

　三人の後ろ姿が見えなくなっても、鷹千代はずっとその場を動かなかった。ずっと風を見つめていた。


　風の吹き荒ぶ平原を、三人は走っていた。

「よく務めを果たしたな」

「ええ……」

零牙の言葉に、真名が頷く。

「あれが私の最後の演技……鷹千代の〈姉〉としての」

走りながら息を乱すことなく交わす、忍び同士の会話である。

「よくやった」

「真名姫を演じ切ることが、鷹千代に対する私の責任……でも、あれは演技でもなんでもない、私の、心からの……」

「分かっている」

「だが、いいのか」

星牙が口を挟む、

「これからの道は、おまえが好きに選べる道だ。何処へ行ってもいいのだぞ。おまえはもう自由だ」

「私は皆と戦います。〈本当の世界〉へ帰るために」

星牙と零牙は、等しく無言で頷いた。

真名は螢牙の『記憶』と共に、『証拠』の写真をも受け継いでいる。その写真は彼女の懐の中にあった。左から二番目、短髪の少女。屈託なく笑う友の写真。この仮初の世に生まれてより、初めて出来た心の友の。

風が勢いを増す。

三人の走る速度も次第に早まる。

その速度は、最早常人に捉えられる領域を超えていた。

真名の着る緑色の民族衣装が、炎を発する。それは瞬時に燃え尽きて、下に新たな衣装が現われる。

黒いボディスーツ。白銀の手甲。純白の忍風布とロングブーツ。

それは螢牙の忍び装束。

だが一点、違う箇所がある。腰のベルトに挟んだ得物は、浦霞浮線綾の紋の入った朱鞘の懐剣。心の母の形見の品。

「行くぞ、螢牙」

「はいっ」

疾走する三人の忍びは、そのまま風となって消えていった。

『機忍兵零牙』刊行によせて

月村了衛

好きな作家は多いが、最も偏愛する作家はと聞かれた場合、山田風太郎と答えることにしている。ファン歴三十年以上。曲がりなりにも年季が入っている。それ以前から〈忍者もの〉が好きだった。忍法帖というフォーマットは絶対に面白い。まずその確信がある。だが玉石混淆とはいえ風太郎フォロワーは数多い。また近年、大衆の〈忍者〉への認識は著しく変容した。

一口に忍者と言っても（現実の歴史における実像は別として）作者・作品によって特質は大きく違う。〈忍者もの〉の面白さを新たに提示するためには、本質のみを堅持して表象をドラスティックに変化させる必要があると感じた。それは、自分にとって〈忍者もの〉の本質とは何かを突き詰める思考の過程でもあった。その結果得られた本質の中から、本作の構成に必要と思われるもののみを取捨選択した（やむなく選択しなかった要素もある）。同時に本質を効果的に生かすための概念として到達したのがゴシックという世界観である。

また私は、忍法帖という形式とは別に〈忍び〉の面白さはそのアイデンティティーの曖昧さ、不可解さにあると考えた。使命のため他者を欺き、自己を欺く。自分という存在の境界は一時的に、あるいは永遠に消滅する。「これはディックではないか」と思った。フィリップ・K・ディックの登場人物はドラッグによって、そして忍びは術によって自己の地平を失い、不条理な世界を知覚する。これは風太郎というより白土三平である。

賢明なる読者は、本作に風太郎・三平以外の作品の影を見られたことと思う。その通り、あからさまな手掛かりを全篇に散りばめた。それがなんであるかは語らぬが華であろう。

今はただ本作が読者諸賢の一夕の慰めとならんことを切に願うばかりである。

（初出《ＳＦマガジン》二〇一〇年十一月号「忍法帖の本質に迫る」より改題）

解　説

書評家
福井健太

デビュー作には作家の全てがある――という表現は雑に過ぎるが、初期作に核心が宿っていることは珍しくない。月村了衛の『機忍兵零牙《レイガ》』はまさにそんな一冊だ。本書は二〇一〇年刊の『機忍兵零牙』に改稿を施した新装版である。

月村了衛は一九六三年大阪府生まれ。早稲田大学第一文学部卒。予備校の講師や脚本家を経て、二〇一〇年に『機龍警察』で小説家デビュー。一二年に『機龍警察　自爆条項』で第三十三回日本ＳＦ大賞、一三年に『機龍警察　暗黒市場』で第三十四回吉川英治文学新人賞を受賞。一五年には『コルトＭ１８５１残月』で第十七回大藪春彦賞、『土漠の花』で第六十八回日本推理作家協会賞（長編および連作短編集部門）に輝いている。

まずはあらすじを記しておこう。多くの次元世界を制する支配者集団〝無限王朝〟の侵略を受け、若君・鷹千代と姉の真名はわずかな手勢とともに城を脱出した。城主の浦路公は伝説の忍び〝光牙〟を呼び、その一人・零牙に「二人を無事に落ち延びさせてくれ」と告げて息絶える。いっぽう無限王朝に仕える骸魔衆の頭領・骸魔死皇丸は、配下の骸魔六機忍に「光牙忍者を討ち果たし、浦路公の二人の遺児を亡き者にせよ」と命じていた。かくして光牙と骸魔の機忍法を駆使した死闘が展開されていく。

本作の成り立ちを説明するには、山田風太郎の〈忍法帖〉シリーズに触れる必要があるだろう。一九五八年刊の『甲賀忍法帖』に始まる同シリーズは、奇想天外な忍法合戦で人気を博し、エンターテインメント界に多大な影響を及ぼした。荒木飛呂彦の漫画『ジョジョの奇妙な冒険』に代表される異能バトル群はその好例だ。本書所収の『機忍兵零牙』刊行によせて」にあるように、本作は忍法帖の面白さを再現する試みにほかならない。

早稲田大学の文芸サークル「幻想文学会」に顔を出していた月村は、八三年にOBの東雅夫とともに山田風太郎のインタビューを行っている（『幻想文学』第五号→『幽』vol.27に再録）。二〇一七年の回想対談「風太郎を訪ねた日」（『幽』vol.27）において、月村は「七〇年代後半から八〇年代初頭にかけて、忍法帖シリーズが角川文庫から順次復刊された」「そこから『甲賀』『くノ一』『信玄』と一連の作品を読みました」と語り、さらに「文章の美しさ、虚実が入り混じる伝奇性、ダイナミックな物語。こんなに面白いものがこの世にあるのかと衝撃を受けました」と称揚した。「『零牙』はまさに風太郎忍法帖を彷彿させる」という東の言葉には「風太郎フォロワーだと言ったことは一度もないんです。山田風太郎は唯一無二の天才なので、真似できるはずもないことは自明の理です。風太郎作品から受けた感動を咀嚼して、自分なりの形で発表していくだけだと思っています」と応えている。

時代小説の意匠を纏っているものの、本作は多元世界を背景にしたSFでもある。忍者は流派ごとに異なる世界から来た「怪《あやか》しの眷属」であり、それゆえに特殊な技を持っている。例外的に過去の記憶を持ち、無限王朝の不安要素でもある光牙が「いつの日か奴等の正体を暴き、本当の世界へ帰るために」戦い続ける――という設定によって、忍法帖と現代社会が繋がれているのだ。警視庁特捜部が機甲兵装〝龍機兵《ドラグーン》〟を駆る〈機龍警察〉シリーズからも解るように、SFとの融合は月村の創作術の一つである。

さらに資料を挙げると、一五年の「月村了衛スペシャルインタビュー」（『かつくら』vol.15）には「忍者に対する共通認識が失われた状況の中で、忍者ものを受け入れてもらおうとしたら、舞台は戦国時代や江戸時代じゃないほうがよい」「カタカナでニンジャと書くのは全然違う別物なんだ！という強い思いがあって。SF、ファンタジー要素が入っていても、やっていることは真っ当な忍者ものなんです。正統派として外せない要素は一体なんなのか。考えに考え抜いて、自分の思う〈忍び〉とはこれだと提示できるものにしました」という発言がある。これは『機忍兵零牙』刊行によせて」を補完するものだろう。

このインタビューには「書き手の考え方や個性、人間性、品性がどうしたって作品に出てくる」「小説は政治的な主張やテーマなどを事前に掲げ、それを訴えようとして書くものではない」というコメントも窺える。陸上自衛隊の撤退戦を描く『土漠《どばく》の花』は「テーマを訴えようと思ってソマリアを選んだわけではない」「A地点からある人物を連れてB地点まで移動するという、『深夜プラス1』のような、オーソドックスな冒険小説のスタイルを踏襲したもの」で、このスタイルは本作にも当てはまる。昭和から平成の事件史を公安サイドから辿る『東京輪舞《ロンド》』、一九六四年の東京オリンピック公式記録映画の内幕『悪の五輪』などは社会派の側面を持つが、月村はプロパガンダのために小説を書いたわけではない。

　それでは立脚点は何処にあるのか——その答はすこぶる明快だ。月村は忍法帖に関して『面白いだけの作品だ』と批判する人がいますが、面白ければそれで充分だと思う。『面白い』というのがどれだけ凄いことか」「ここで声を大にして言いたいのは、面白い物語は生きる力になるということ」（『幽』vol.27）と語っている。「八〇年代くらいから」「勧善懲悪や熱血とか、そういうものを鼻で嗤う風潮があった」と感じた月村は「大衆文芸の正統な後継者」を自負し、時代作家らしい筆名を付け、時代小説でのデビューを目指していた（『かつくら』vol.15）。つまりは王道の娯楽小説を選んだわけだ。

　その感性がダイレクトに投入された本作では、忍者たちの登場シーン、技の凄さを伝える描写、骸魔の不敵なやり取りなどのお約束が堂々と演じられる。リズミカルな体言止めの連打で紡がれるそれは、書き手の力量と真摯さを通じて、斜に構えた読者にも刺さるものになっている。零牙、蛍牙、星牙、骸魔死皇丸、燦然寺鏡弥、黒薙怜門、十六夜毬緒、濡髪絵蓮、帷虹之介、魔妖女——それぞれに個性と技を持つ面々の競演は、まさに忍法帖のアップデート版と呼ぶに相応しい。プロットにも著者好みの細工が施されているが、これは実際に読んで確かめて欲しい。とにかく清々しいまでに面白いだけの作品なのである。

　本作は月村の第二長篇だが、完成順では『神子上典膳《みこがみてんぜん》』『機龍警察』に続く三作目にあたる。「学生時代から一刀流が登場する短編を書いていました」(『かつくら』vol.15)という月村の『神子上典膳』(四六判は『一刀流無双剣　斬』)は、剣豪・伊藤一刀斎の門弟が謀反で滅んだ藤篠家の生き残り・澪姫と小姓を救い、秘剣を極めた刺客たちと切り結ぶ時代小説。本作との共通点も多いので、原型として読み比べることをお勧めしたい。

書きたいものを問われた月村は「小説家デビューまで、ひたすら映画を観て、本を読んでいました」「昔の図書館には図書カードがいっぱい詰まった引き出しがあったかと思うのですが、それが自分の後ろ一面にある感じなんです」と答えている(『かつくら』vol.15)。やや毛色の異なる『水戸黄門　天下の副編集長』『追想の探偵』などはその一環だろう。技量と確信を携えたエンターテイナーとして、これからも面白い物語を読ませてくれるはずだ。

最後に単行本リストを載せておく。#は〈機龍警察〉、＊は〈黒警《こくけい》〉のシリーズである。

#『機龍警察』ハヤカワ文庫JA(一〇)→『機龍警察〔完全版〕』早川書房(一四)→『機龍警察〔完全版〕』ハヤカワ文庫JA(一七)
『機忍兵零牙』ハヤカワ文庫JA(一〇)→『機忍兵零牙〔新装版〕』ハヤカワ文庫JA(一九)※本書
#『機龍警察　自爆条項』早川書房(一一)→『機龍警察　自爆条項(上下)』ハヤカワ文庫JA(一二)→『機龍警察　自爆条項〔完全版〕』早川書房(一六)→『機龍警察　自爆条項〔完全版〕(上下)』ハヤカワ文庫JA(一七)

#『機龍警察　暗黒市場』早川書房（一二）

『一刀流無想剣　斬』講談社（一二）→『神子上典膳』講談社文庫（一五）

*『黒警』朝日新聞出版（一三）→朝日文庫（一六）

『コルトM1851残月』講談社（一三）→文春文庫（一六）

#『機龍警察　未亡旅団』早川書房（一四）

『土漠の花』幻冬舎（一四）→幻冬舎文庫（一六）

#『機龍警察　火宅』早川書房（一四）→ハヤカワ文庫JA（一八）

『槐《エンジュ》』光文社（一五）→光文社文庫（一七）

『影の中の影』新潮社（一五）→新潮文庫（一八）

『ガンルージュ』文藝春秋（一六）→文春文庫（一八）

『水戸黄門　天下の副編集長』徳間書店（一六）→徳間文庫（一八）

*『黒涙《こくるい》』朝日新聞出版（一六）

『追想の探偵』双葉社（一七）

#『機龍警察　狼眼殺手』早川書房（一七）

『コルトM1847羽衣』文藝春秋（一八）

『東京輪舞』小学館（一八）

『悪の五輪』講談社（一九）

本書は、二〇一〇年九月にハヤカワ文庫JAより刊行された『機忍兵零牙』を加筆訂正した新装版です。

機龍警察〔完全版〕

月村了衛

テロや民族紛争の激化に伴い発達した近接戦闘兵器・機甲兵装。その新型機〝龍機兵〟を導入した警視庁特捜部は、搭乗員として三人の傭兵と契約した。警察組織内で孤立しつつも彼らは機甲兵装による立て籠もり現場へ出動する。だが背後には巨大な闇が……〝至近未来〟警察小説シリーズ第一作を徹底加筆した完全版

ハヤカワ文庫

機龍警察 自爆条項〔完全版〕（上・下）

月村了衛

軍用有人兵器・機甲兵装の密輸事案を捜査する警視庁特捜部は、英国高官暗殺計画を摑む。だが、不可解な捜査中止命令が。首相官邸、警察庁、外務省、中国黒社会の暗闘の果てに、特捜部付〈傭兵〉ライザ・ラードナー警部の凄絶な過去が浮かぶ！　今世紀最高峰の警察小説シリーズ第二作に大幅加筆した完全版が登場

ハヤカワ文庫